UNE BD DE
RAINA TELGEMEIER

LE CLUB DES BABY-SITTERS

LE SECRET DE STACEY

D'APRÈS LE ROMAN DE ANN M. MARTIN
MISE EN COULEURS DE BRADEN LAMB
TEXTE FRANÇAIS D'ISABELLE ALLARD

SCHOLASTIC

KRISTY THOMAS
PRÉSIDENTE

CLAUDIA KISHI
VICE-PRÉSIDENTE

MARY ANNE SPIER
SECRÉTAIRE

STACEY MCGILL
TRÉSORIÈRE

C'ÉTAIT LA RENCONTRE DU VENDREDI DU CLUB DES BABY-SITTERS. KRISTY A DÉCLARÉ LA SÉANCE OUVERTE.

EN TANT QUE PRÉSIDENTE DU CLUB DES BABY-SITTERS...

JE PENSE QUE NOUS DEVRIONS DÉCIDER QUOI FAIRE QUAND MME NEWTON SE RENDRA À L'HÔPITAL POUR ACCOUCHER.

QUE VEUX-TU DIRE?

LES NEWTON AURONT BESOIN DE QUELQU'UN POUR S'OCCUPER DE JAMIE. DE BONNES GARDIENNES DOIVENT ÊTRE PRÊTES POUR CE JOUR-LÀ.

C'EST UNE BONNE IDÉE, KRISTY.

NOUS DEVRIONS NOUS ARRANGER POUR ÊTRE LIBRES UN APRÈS-MIDI CHACUNE. AINSI, MME NEWTON SERAIT CERTAINE D'AVOIR UNE GARDIENNE.

CE SERAIT UNE PERTE DE TEMPS... LES BÉBÉS PEUVENT ARRIVER EN RETARD. DE DEUX OU TROIS **SEMAINES!**

CLAUDIA A RAISON. ON SACRIFIERAIT PLUSIEURS APRÈS-MIDIS POUR RIEN.

JE M'APPELLE STACEY MCGILL.

JE VIENS D'EMMÉNAGER DANS LA TOUTE PETITE VILLE DE STONEYBROOK, DANS LE CONNECTICUT. C'ÉTAIT TOUT UN CHOC, VU QUE J'AI GRANDI À...

2

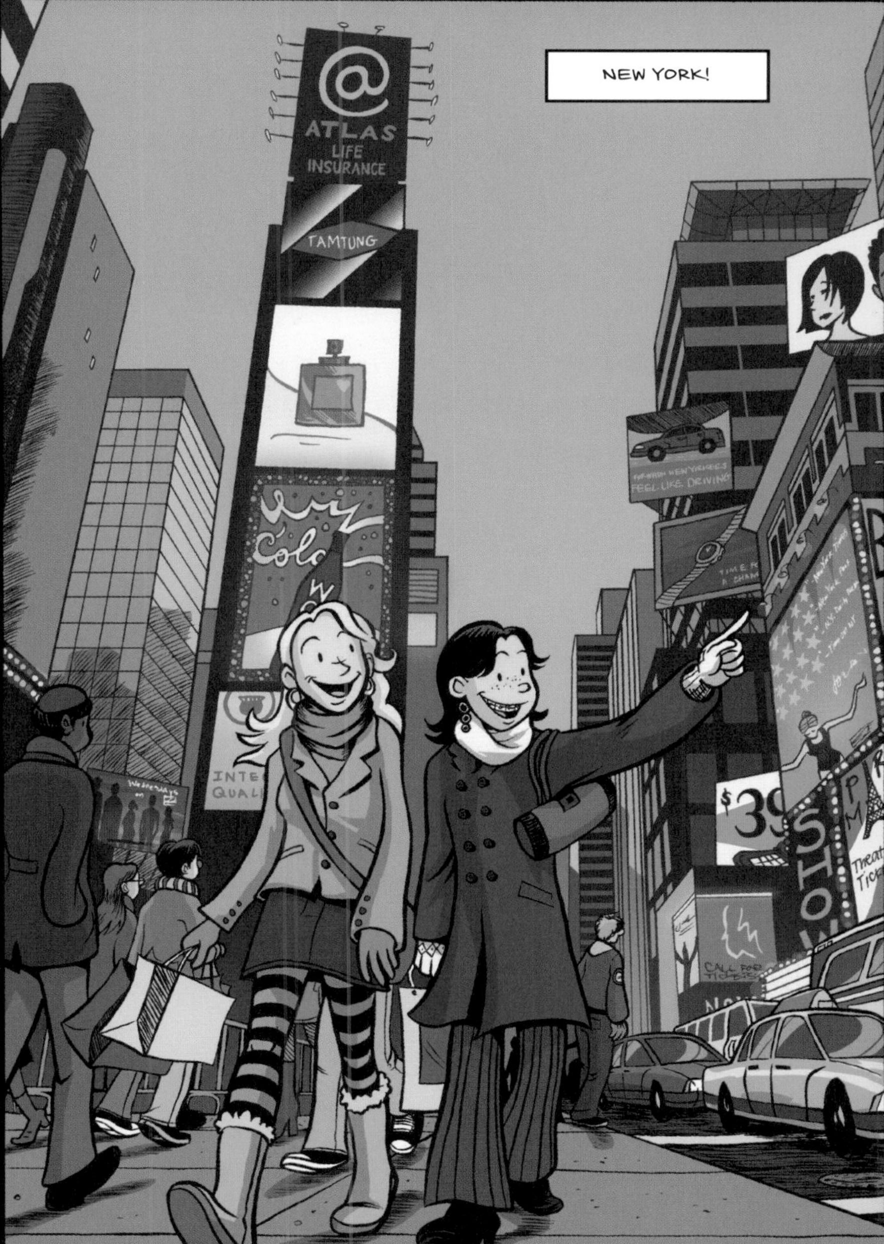

NEW YORK!
ATLAS
LIFE
INSURANCE
TAMTUNG
FEEL LIKE DRIVING
SHOW

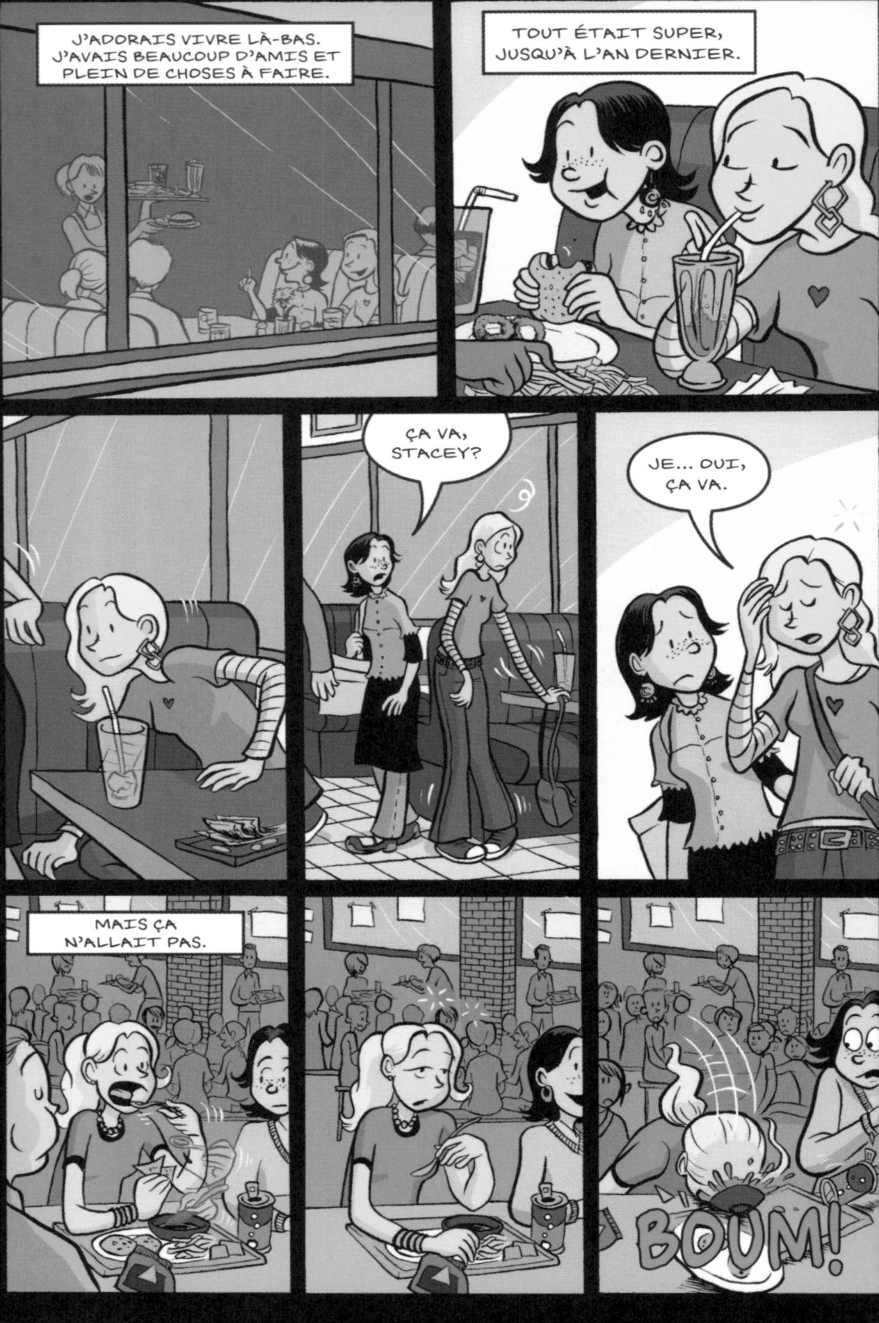
J'ADORAIS VIVRE LÀ-BAS. J'AVAIS BEAUCOUP D'AMIS ET PLEIN DE CHOSES À FAIRE.
TOUT ÉTAIT SUPER, JUSQU'À L'AN DERNIER.
ÇA VA, STACEY?
JE... OUI, ÇA VA.
MAIS ÇA N'ALLAIT PAS.
BOUM!

STACEY A LE DIABÈTE.

CE N'EST PAS AUSSI TERRIBLE QUE ÇA EN A L'AIR. AVEC UN BON TRAITEMENT, ELLE MÈNERA UNE VIE NORMALE.

QUOI? NON, PAS MON BÉBÉ!

LE DIABÈTE EST UN PROBLÈME LIÉ À UNE GLANDE APPELÉE LE PANCRÉAS.

LE PANCRÉAS PRODUIT DE L'INSULINE, QUI EST UNE HORMONE. ELLE PERMET À TON CORPS D'UTILISER LE SUCRE DES ALIMENTS POUR TE DONNER DE LA CHALEUR ET DE L'ÉNERGIE.

QUAND LE PANCRÉAS NE PRODUIT PAS **ASSEZ** D'INSULINE, LE GLUCOSE S'ACCUMULE DANS TON SANG ET TE REND MALADE.

MAIS SI TU AS UNE ALIMENTATION SAINE ET QUE TU T'INJECTES DE L'INSULINE CHAQUE JOUR...

QUOI?!

PEU DE TEMPS APRÈS, J'APPRENAIS À M'INJECTER DE L'INSULINE. J'AI VITE COMMENCÉ À ME SENTIR MIEUX.

DOCTEUR, ÊTES-VOUS CERTAIN QU'ELLE PEUT LE FAIRE TOUTE SEULE?

MAMAN!!

ET MES PARENTS SONT SOUDAIN DEVENUS LES PARENTS LES PLUS PROTECTEURS DU MONDE.

CHÉRIE, TU AS ENCORE PERDU DU POIDS.

JE ME DEMANDE SI TU MANGES ASSEZ. JE NE SUIS PAS CERTAINE QUE CE NOUVEAU RÉGIME TE CONVIENNE.

J'AI PRIS RENDEZ-VOUS AVEC UN AUTRE MÉDECIN MARDI POUR VÉRIFIER...

MAMAAAAN!!

MAIS CE N'ÉTAIT PAS LE PIRE.

LAINE! JE SUIS CONTENTE DE TE VOIR! COMMENT ÇA VA? J'AVAIS PEUR DE...

HEU, JE DOIS Y ALLER. SALUT.

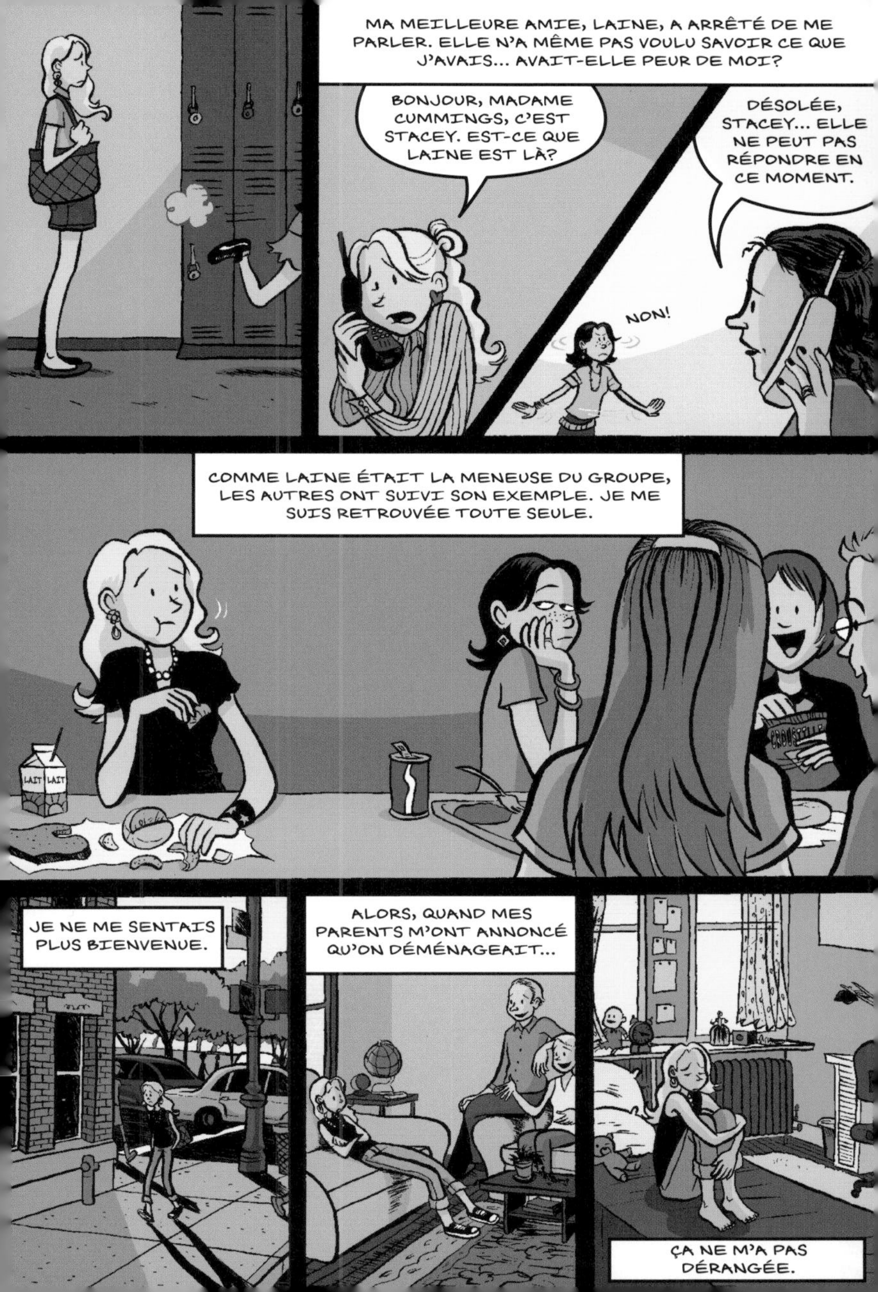
MA MEILLEURE AMIE, LAINE, A ARRÊTÉ DE ME PARLER. ELLE N'A MÊME PAS VOULU SAVOIR CE QUE J'AVAIS... AVAIT-ELLE PEUR DE MOI?
BONJOUR, MADAME CUMMINGS, C'EST STACEY. EST-CE QUE LAINE EST LÀ?
NON!
DÉSOLÉE, STACEY... ELLE NE PEUT PAS RÉPONDRE EN CE MOMENT.
COMME LAINE ÉTAIT LA MENEUSE DU GROUPE, LES AUTRES ONT SUIVI SON EXEMPLE. JE ME SUIS RETROUVÉE TOUTE SEULE.
LAIT LAIT
JE NE ME SENTAIS PLUS BIENVENUE.
ALORS, QUAND MES PARENTS M'ONT ANNONCÉ QU'ON DÉMÉNAGEAIT...
ÇA NE M'A PAS DÉRANGÉE.

JE N'AVAIS PAS D'AMIS À STONEYBROOK AVANT DE RENCONTRER CLAUDIA. PUIS ELLE M'A INVITÉE À FAIRE PARTIE DU CLUB DES BABY-SITTERS, ET LES CHOSES SE SONT AMÉLIORÉES.

QU'EST-CE QU'ON FAIT POUR LES NUITS?

OUI, BEAUCOUP DE BÉBÉS NAISSENT AU MILIEU DE LA NUIT.

DRING!

CLAUDIA, KRISTY ET MARY ANNE SONT VITE DEVENUES MES MEILLEURES AMIES. NOTRE CLUB A BEAUCOUP DE SUCCÈS! NOUS GARDONS UNE FOULE D'ENFANTS DU QUARTIER.

ON TROUVERA BIEN UNE SOLUTION... QUI VEUT DES BONBONS?

CLUB DES BABY-SITTERS, ICI STACEY.

BONJOUR, DRE JOHANSSEN! LUNDI? JE VOUS RAPPELLERAI.

ON DEVRAIT APPELER MME NEWTON ET LUI DEMANDER SI...

CLAUDIA! CLAUDIA!

8

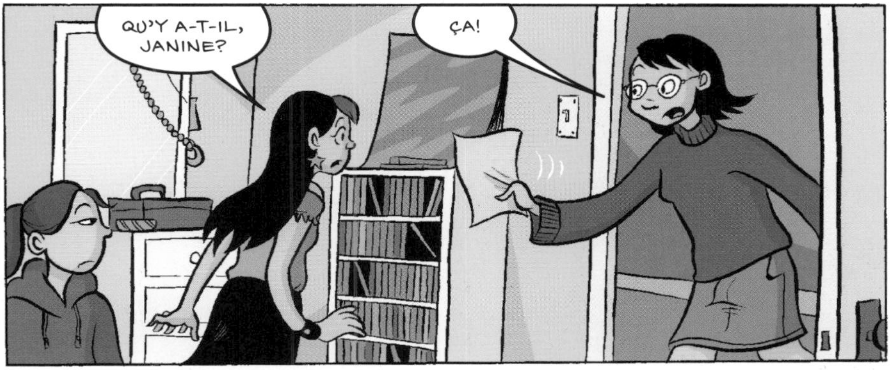
QU'Y A-T-IL, JANINE?
ÇA!

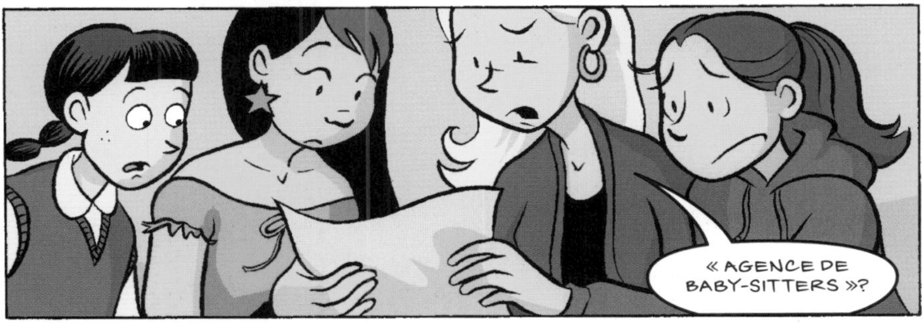
« AGENCE DE BABY-SITTERS »?

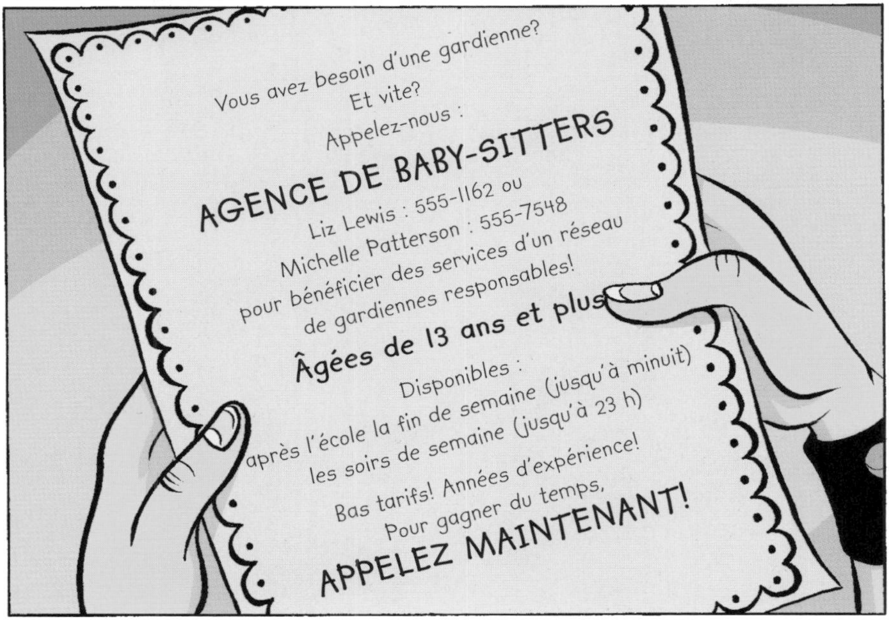
Vous avez besoin d'une gardienne?
Et vite?
Appelez-nous :
AGENCE DE BABY-SITTERS
Liz Lewis : 555-1162 ou
Michelle Patterson : 555-7548
pour bénéficier des services d'un réseau
de gardiennes responsables!
Âgées de 13 ans et plus
Disponibles :
après l'école la fin de semaine (jusqu'à minuit)
les soirs de semaine (jusqu'à 23 h)
Bas tarifs! Années d'expérience!
Pour gagner du temps,
APPELEZ MAINTENANT!

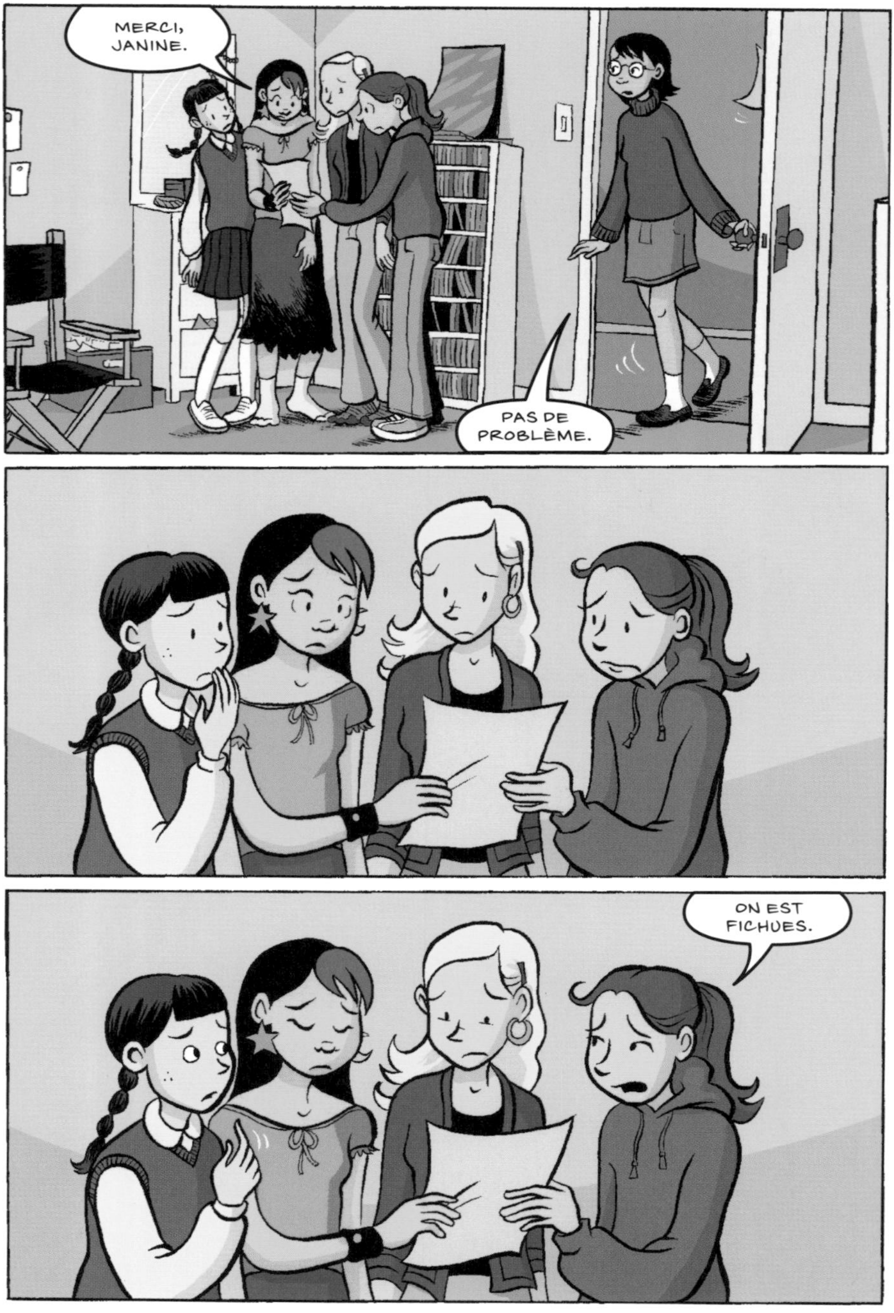
MERCI, JANINE.
PAS DE PROBLÈME.
ON EST FICHUES.

CHAPITRE 2

QUELQUES MINUTES PLUS TARD...

CES FILLES SONT PLUS VIEILLES QUE NOUS. ELLES PEUVENT GARDER PLUS TARD...

QUI SONT LIZ LEWIS ET MICHELLE PATTERSON?

LE DÉPLIANT DIT QU'ELLES ONT 13 ANS ET PLUS. ELLES VONT SÛREMENT À L'ÉCOLE SECONDAIRE... PEUT-ÊTRE QUE MES FRÈRES LES CONNAISSENT?

NON, ELLES VONT À NOTRE ÉCOLE. ELLES SONT EN HUITIÈME.

FRRRT

CE SONT TES AMIES, CLAUDIA?

11

JE NE POURRAIS PAS ÊTRE AMIE AVEC DES FILLES COMME ELLES. BONBONS?

HEU, MON DIABÈTE! JE NE PEUX PAS.

AH, OUI, DÉSOLÉE STACEY. KRISTY?

ÇA VA.

ALORS, C'EST QUOI LE PROBLÈME?

CE SONT DES PETITES MALINES QUI RÉPONDENT AUX PROFS ET PASSENT LEUR TEMPS AU CENTRE COMMERCIAL. **CE** GENRE DE FILLES.

ÇA NE VEUT PAS DIRE QU'ELLES SONT DE MAUVAISES GARDIENNES.

ÇA M'ÉTONNERAIT QU'ELLES SOIENT BONNES...

JE ME DEMANDE COMMENT FONCTIONNE LEUR AGENCE. JE NE VOIS QUE DEUX NOMS, MAIS ÇA DIT QU'IL Y A « UN RÉSEAU DE GARDIENNES RESPONSABLES ».

LIZ ET MICHELLE SAVENT COMMENT ATTIRER LES CLIENTS. CE DÉPLIANT EST BIEN MEILLEUR QUE LE NÔTRE.

HÉ! J'AI UNE IDÉE!

APPELONS LEUR AGENCE ET FAISONS SEMBLANT D'AVOIR BESOIN D'UNE GARDIENNE. ON ANNULERA PLUS TARD. ON VERRA BIEN COMMENT ÇA FONCTIONNE.

GÉNIAL! JE VAIS DONNER UN FAUX NOM ET DIRE QUE J'AI BESOIN D'UNE GARDIENNE POUR MON PETIT FRÈRE.

GARE À LA CONCURRENCE! VOICI LE CLUB DES BABY-SITTERS!

DRING...
DRING...

ALLÔ, LIZ?

MON NOM EST, HEU, ROSE. ROSE BONBON... NON, SANS BLAGUE...

J'AI VU TON DÉPLIANT POUR L'AGENCE DE BABY-SITTERS. JE DEVAIS GARDER MON FRÈRE DEMAIN ET...

!

HEU, J'AI UN RENDEZ-VOUS AVEC UN GARS.

HI HI

DE 15 H À 17 H. IL A SEPT ANS. PEUX-TU LE GARDER? AH BON...

PFFFF!

HI HI HI

TU PEUX ME JOINDRE AU 555-2321. MAIS JUSTE POUR DIX MINUTES. ENSUITE, J'AI UN AUTRE RENDEZ-VOUS. AVEC QUI?

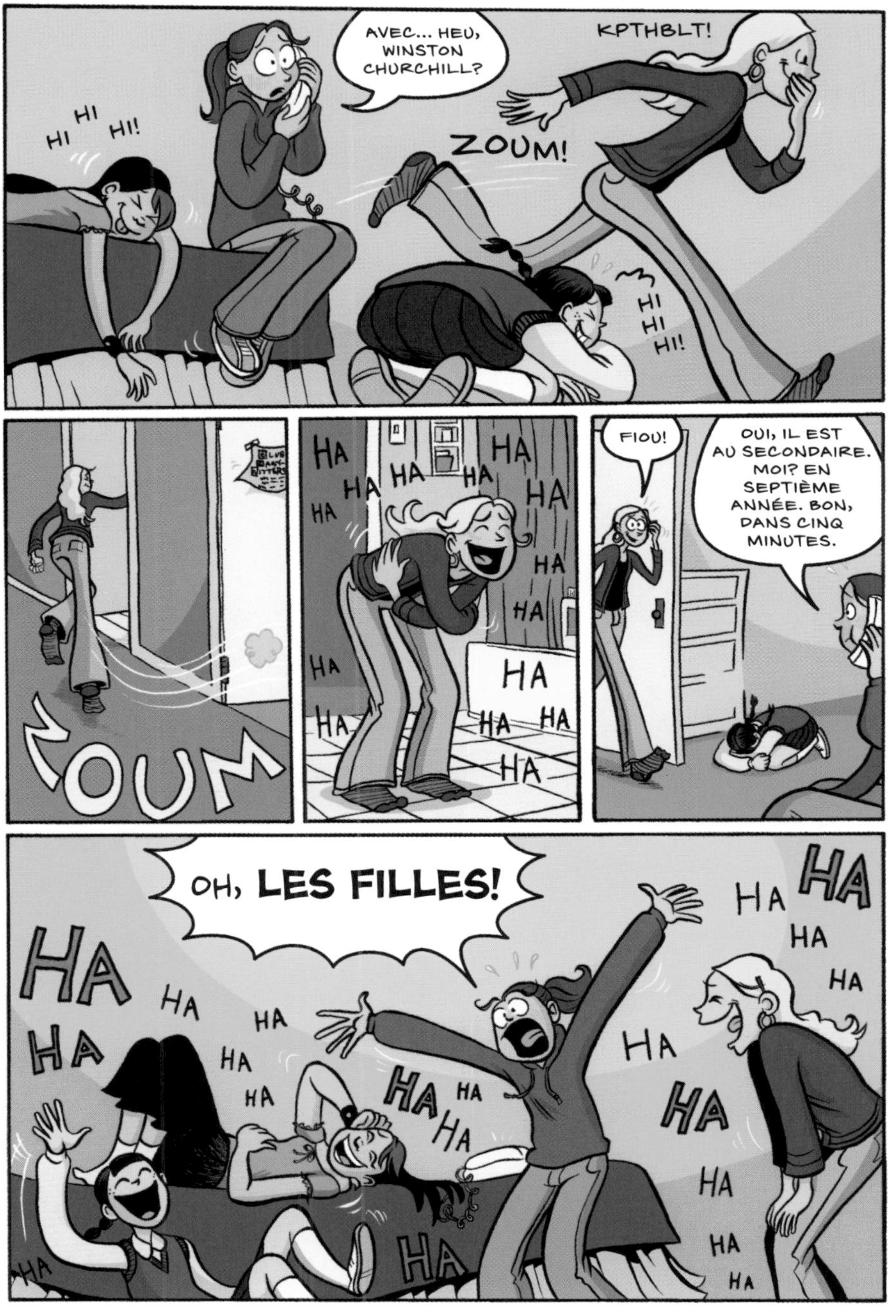
HI HI HI!
AVEC... HEU, WINSTON CHURCHILL?
KPTHBLT!
ZOUM!
HI HI HI!
ZOUM
HA HA HA HA HA HA HA HA HA HA HA HA HA HA HA HA
FIOU!
OUI, IL EST AU SECONDAIRE. MOI? EN SEPTIÈME ANNÉE. BON, DANS CINQ MINUTES.
OH, **LES FILLES!**
HA HA HA HA HA HA HA HA HA HA HA HA HA HA HA HA HA HA HA HA HA HA

NE FAITES **PAS** ÇA QUAND JE SUIS AU **TÉLÉPHONE!**

HA HA HI

WINSTON **CHURCHILL?** TU **SORS** AVEC UN GARS DU SECONDAIRE?

BON, BON... VOICI COMMENT FONCTIONNE LEUR AGENCE.

LIZ ET MICHELLE PRENNENT LES APPELS, PUIS **TROUVENT** DES GARDIENNES.

PAS ÉTONNANT QU'ELLES SOIENT SI VIEILLES. LIZ ET MICHELLE APPELLENT DES FILLES PLUS ÂGÉES.

OUI, ON AURAIT DÛ Y PENSER.

LIZ SEMBLAIT PLUS INTÉRESSÉE PAR MON « RENDEZ-VOUS » QUE PAR MON BESOIN DE GARDIENNE.

DRING!

ALLÔ, LE CLUB DES... ALLÔ?

OUI. **COMBIEN?** WOW. QUEL ÂGE? BON. PATRICIA? D'ACCORD. JE VERRAI PATRICIA DEMAIN À 15 H. À PLUS.

« À PLUS »?

C'EST COMME ÇA QUE LIZ DIT AU REVOIR.

ALORS?

ELLE A TROUVÉ TROIS PERSONNES. J'AVAIS LE CHOIX. DEUX AVAIENT TREIZE ANS, ET UNE QUINZE. IL Y AVAIT MÊME UN GARÇON.

LES GENS VONT ADORER CETTE AGENCE! ON NE PROPOSE PAS DES GARDIENNES D'ÂGES DIVERS...

IL N'Y A AUCUN GARÇON DANS NOTRE CLUB ET ON NE PEUT PAS GARDER PLUS TARD QUE 22 H, MÊME LA FIN DE SEMAINE.

...

LE SOUPER DE STACEY

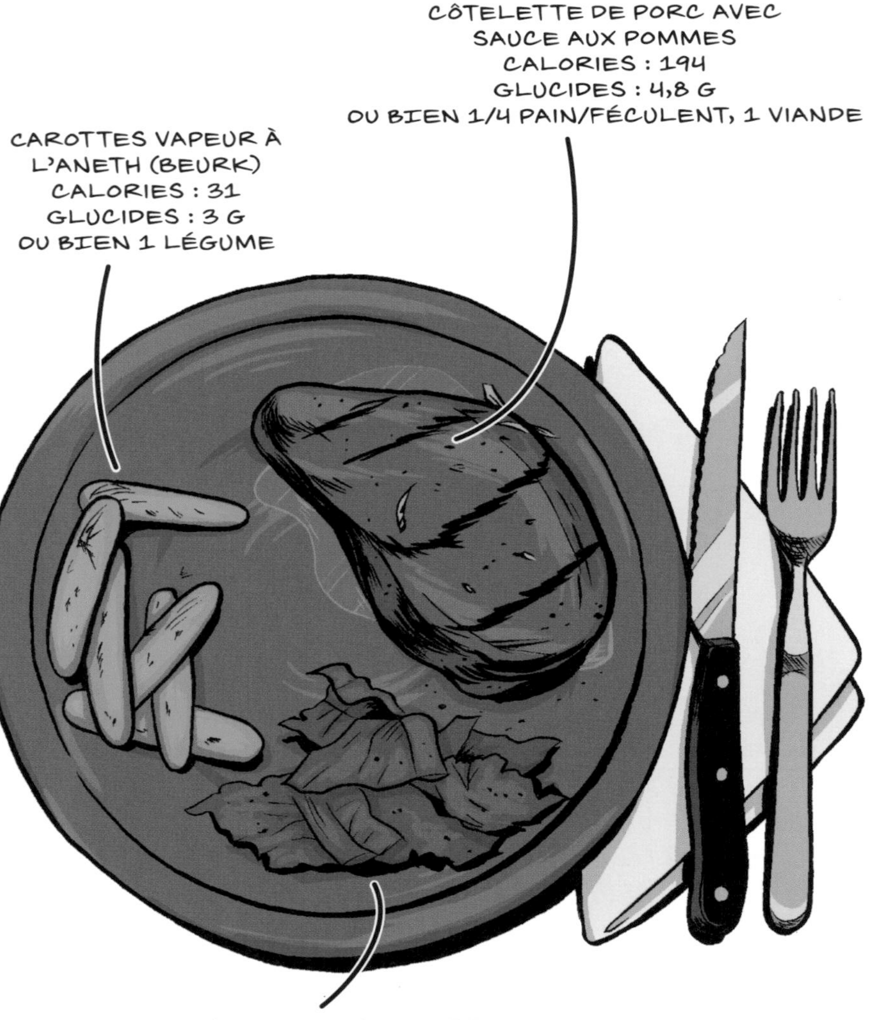
CÔTELETTE DE PORC AVEC
SAUCE AUX POMMES
CALORIES : 194
GLUCIDES : 4,8 G
OU BIEN 1/4 PAIN/FÉCULENT, 1 VIANDE
CAROTTES VAPEUR À
L'ANETH (BEURK)
CALORIES : 31
GLUCIDES : 3 G
OU BIEN 1 LÉGUME
LAITUE ROMAINE AVEC VINAIGRETTE
ITALIENNE FAIBLE EN CALORIES
CALORIES : 39
GLUCIDES : 2,8 G
OU BIEN 1 LÉGUME

CHAPITRE 3

PLUS TARD CE SOIR-LÀ...

MA CHÉRIE, TE SENS-TU BIEN? TU N'AS PRESQUE RIEN MANGÉ.

JE N'AI PAS TRÈS FAIM.

TON TAUX DE GLUCOSE EST-IL ÉLEVÉ?

J'ÉTAIS À 105 AVANT LE SOUPER!

PENSES-TU QUE JE **VEUX** ÊTRE MALADE?

NON, JE SUIS DÉSOLÉE. C'EST JUSTE QUE...

TU AS PERDU PLUS D'UN KILO CE MOIS-CI ET... ES-TU **CERTAINE** QUE ÇA VA BIEN?

OUI. JE SUIS PEUT-ÊTRE PLUS ACTIVE MAINTENANT QUE J'AI DES AMIES. JE DOIS PEUT-ÊTRE MANGER **PLUS.**

MAIS TU VIENS DE DIRE QUE TU N'AVAIS PAS FAIM. J'APPELLERAI LE MÉDECIN LUNDI.

JUSTE AU CAS OÙ.

LEQUEL?

ON N'A SANS DOUTE PAS BESOIN D'ALLER JUSQU'À NEW YORK POUR VOIR LA Dre WERNER.

JE VAIS APPELER TON MÉDECIN DE STONEYBROOK.

PARFAIT.

HEU, AU FAIT...

ON FERA UNE SÉRIE DE TESTS AVEC UN NOUVEAU MÉDECIN À NEW YORK AU DÉBUT DE DÉCEMBRE.

AH, MAMAN!

APPAREMMENT, IL FAIT DES MIRACLES AVEC LE DIABÈTE.

ONCLE ÉRIC L'A VU À LA TÉLÉVISION ET...

ON VA VOIR UN MÉDECIN PARCE QU'ONCLE ÉRIC L'A VU À LA TÉLÉ?

20

EH BIEN, J'AI LU UN ARTICLE SUR LUI DANS UN MAGAZINE, ET IL A L'AIR EXCELLENT.

MAIS MAMAN, POURQUOI?

POURQUOI DOIS-JE VOIR UN AUTRE MÉDECIN? JE VOIS LA Dʳᵉ WERNER DEPUIS L'AN DERNIER, ET J'AI LE Dʳ FRANK À STONEYBROOK. JE L'AIME BIEN.

IL N'Y A PAS DE TRAITEMENT POUR CE QUE J'AI, À PART LES RÉGIMES ET L'INSULINE...

ET C'EST CE QU'ON FAIT.

NOUS VOULONS LE MEILLEUR TRAITEMENT POUR TOI.

ON L'A **DÉJÀ**!

ÇA NE DURERA QUE TROIS JOURS.

TROIS JOURS?! MAMAN, J'AI PASSÉ MA SIXIÈME ANNÉE À PRENDRE DU RETARD PENDANT QUE VOUS ME TRAÎNIEZ D'UN MÉDECIN À L'AUTRE, DANS L'ESPOIR D'UN MIRACLE! ET VOUS VOULEZ **RECOMMENCER?**

JEUNE FILLE, CHANGE DE TON!

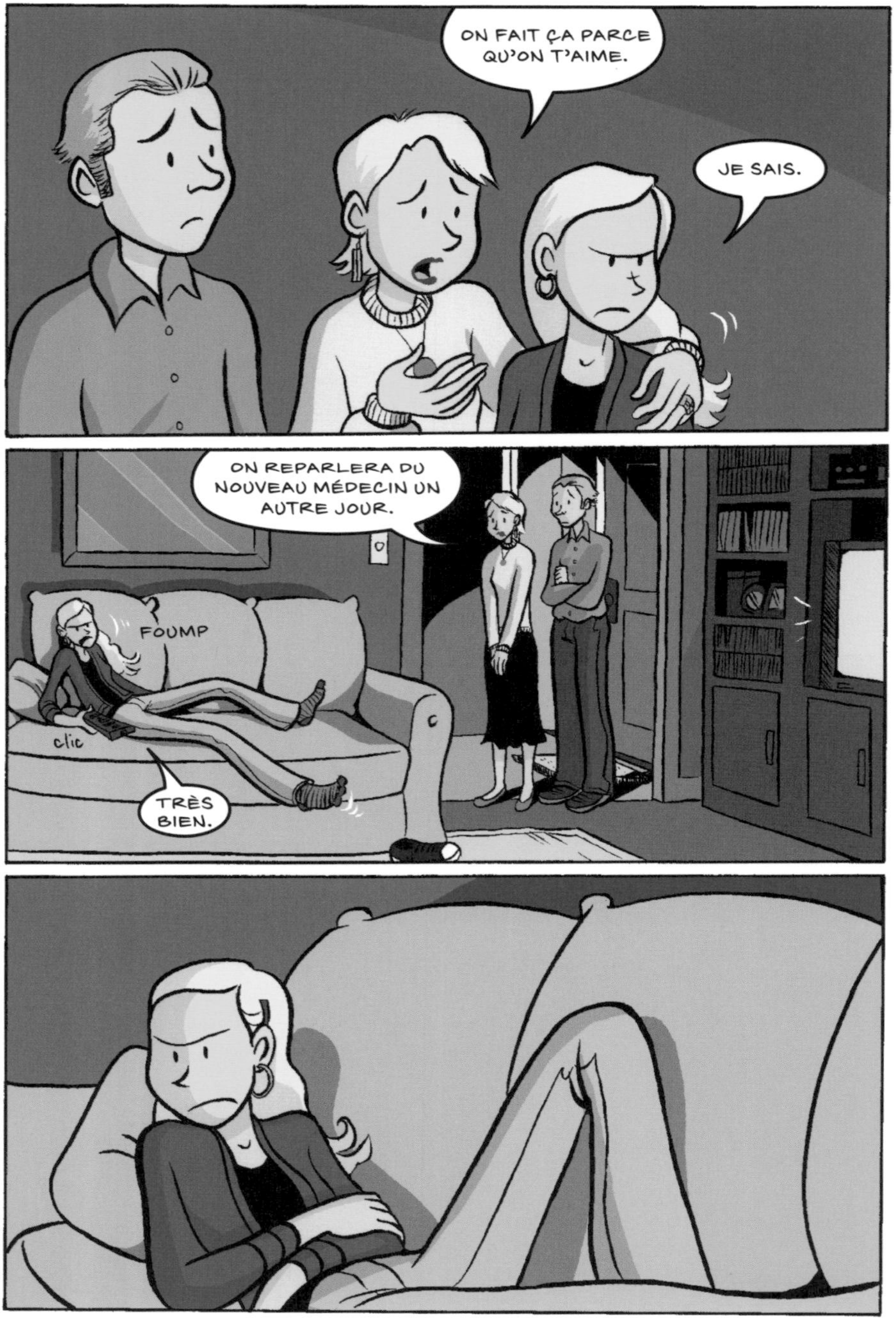
ON FAIT ÇA PARCE QU'ON T'AIME.
JE SAIS.
ON REPARLERA DU NOUVEAU MÉDECIN UN AUTRE JOUR.
FOUMP
clic
TRÈS BIEN.

KRISTY A CONVOQUÉ UNE RÉUNION D'URGENCE LE LENDEMAIN. NOUS NOUS SOMMES RASSEMBLÉES DANS LA CHAMBRE DE CLAUDIA.

BON, J'AI DRESSÉ UNE LISTE DES FAÇONS DE NOUS AMÉLIORER ET D'ATTIRER PLUS DE CLIENTS.

EN PREMIER...

FAIRE DU MÉNAGE GRATUITEMENT.

DÉGUEU!

DEUXIÈMEMENT : OFFRIR DES TARIFS SPÉCIAUX À NOS MEILLEURS CLIENTS.

C'EST LOGIQUE.

TROISIÈMEMENT : PRÉPARER UNE TROUSSE POUR ENFANTS À APPORTER QUAND ON GARDE.

UNE TROUSSE?

C'EST UNE IDÉE QUE J'AI EUE. VOUS SAVEZ, IL NOUS SEMBLE TOUJOURS QUE NOS AMIS ONT DE MEILLEURES **CHOSES** QUE NOUS?

DE LA MEILLEURE BOUFFE, DES MEILLEURES ACTIVITÉS ET, QUAND ON ÉTAIT PETITES, DE MEILLEURS **JOUETS?**

OH, OUI! À NEW YORK, J'AVAIS UNE AMIE QUI S'APPELAIT LAINE.

J'ADORAIS ALLER CHEZ ELLE, CAR SA MÈRE GARDAIT DES TABLETTES DE CHOCOLAT AU CONGÉLATEUR.

MORDRE LÀ-DEDANS, C'ÉTAIT COMME SAVOURER UN LAIT FRAPPÉ AU CHOCOLAT GLACÉ...

HUM...

C'ÉTAIT **AVANT** DE TOMBER MALADE. MAIS JE VOIS CE QUE TU VEUX DIRE KRISTY.

OUI!

J'AIMAIS ALLER CHEZ KRISTY PARCE QU'ELLE AVAIT UNE GRANDE FAMILLE ET UN CHIEN.

ET LA FAMILLE DE CLAUDIA AVAIT PLEIN DE JEUX DE SOCIÉTÉ.

ON AIME LE CHANGEMENT, DES CHOSES NOUVELLES OU DIFFÉRENTES. QUAND ON IRA GARDER, ON APPORTERA AUX ENFANTS CERTAINS DE NOS PROPRES TRUCS...

POUR QU'ILS JOUENT AVEC. ILS **VOUDRONT** QU'ON LES GARDE SOUVENT. NOUS SERONS COMME UN MAGASIN DE JOUETS AMBULANT POUR EUX!

NOUS DEVRIONS TOUTES REMPLIR UNE BOÎTE DE JOUETS, DE JEUX ET DE LIVRES QUI NOUS APPARTIENNENT.

ON POURRAIT ACHETER DU PAPIER ET DES CRAYONS DE CIRE QU'ON REMPLACERA DE TEMPS À AUTRE.

GRÂCE AUX COTISATIONS DU CLUB!

OUI!

LES ENFANTS VONT **ADORER** ÇA!

BON, QUATRIÈMEMENT : BAISSER NOS TARIFS. CINQUIÈMEMENT...

FAIRE COMME LEUR AGENCE. ACCEPTER DE GARDER PLUS TARD EN EMBAUCHANT DES GARDIENNES PLUS ÂGÉES. MES FRÈRES GARDENT PARFOIS, ET PEUT-ÊTRE QUE JANINE...

NON!!

KRISTY, C'EST EXAGÉRÉ. LES JOUETS SONT UNE BONNE IDÉE, MAIS BAISSER NOS PRIX? FAIRE LE MÉNAGE? ET REFILER NOS CONTRATS À D'AUTRES?

NON, NON, NON. SI LE CLUB CHANGE À CE POINT, JE NE VEUX PLUS EN FAIRE PARTIE.

MOI NON PLUS.

LES FILLES, JE NE VEUX PAS QUE LE CLUB TOMBE À L'EAU. ON **NE PEUT PAS** LAISSER MICHELLE ET LIZ SE DÉBARRASSER DE NOUS.

ON DEVRAIT UTILISER DEUX DES IDÉES DE KRISTY : LES JOUETS ET LES RABAIS SPÉCIAUX.

MAIS ON DEVRAIT GARDER LES AUTRES IDÉES EN DERNIER RECOURS SEULEMENT.

ÇA, C'EST CERTAIN.

27

ON PEUT AU MOINS COMMENCER À PRÉPARER LES TROUSSES. CLAUDIA, AS-TU DES BOÎTES VIDES?

OUI! JE VAIS ALLER EN CHERCHER AU SOUS-SOL!

ATTENDEZ ICI.

J'AI DES PAILLETTES, DU TISSU, DE LA PEINTURE ET DES ACCESSOIRES POUR LES DÉCORER!

SUPER!

FOURNITURE

CE SERONT LES PLUS BELLES BOÎTES DU MONDE!

BOÎTE À JOUETS

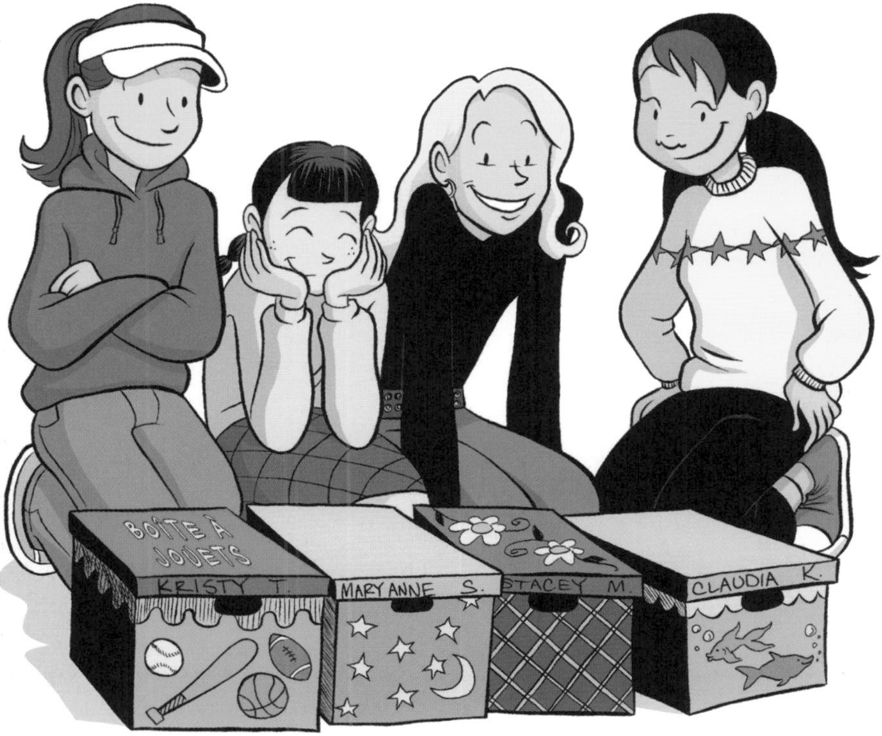
BOÎTE À JOUETS
KRISTY T.
MARY ANNE S.
STACEY M.
CLAUDIA K.

10 novembre

Lundi, j'ai gardé Charlotte Johanssen.

J'adore la garder, c'est l'une de mes clientes préférées.

Sa mère est médecin au Centre médical de

Stoneybrook, et j'aime bien parler avec elle.

Elle me demande toujours comment je vais

et ce que je pense de mes traitements.

Cette fois-ci, c'était comme d'habitude,

mis à part ce qui s'est passé

en fin d'après-midi...

Stacey

CHAPITRE 4

LUNDI
APRÈS-MIDI...

TOC TOC

BONJOUR,
STACEY.

BONJOUR, DRE
JOHANSSEN.

COMMENT
VAS-TU?

J'AI FAIM ET
J'AI PERDU
DU POIDS.

DES PROBLÈMES
AVEC TON INSULINE
OU TON TAUX DE
GLUCOSE?

NON.
JE PENSE QUE
JE DOIS JUSTE
MANGER
PLUS.

J'AI DOUZE ANS,
APRÈS TOUT.

C'EST BIEN
VRAI.

STACEY!
BONJOUR,
STACEY!

BONJOUR,
CHARLOTTE!

QU'Y A-T-IL
DANS TA
BOÎTE?

QUELQUE CHOSE
DE SPÉCIAL. JE TE
MONTRERAI QUAND
TA MÈRE SERA
PARTIE.

VAS-Y, MAMAN!

BON, J'AI COMPRIS!

ALORS?

« BOÎTE À JOUETS ». C'EST JOLI. JE PEUX L'OUVRIR?

MAIS OUI!

SUPER! DES CRAYONS DE CIRE, DE LA CRAIE, DE LA PÂTE À MODELER... UN JEU...

UN GRILLON DANS LE MÉTRO, ON PEUT LIRE CE LIVRE?

D'ACCORD!

BOÎTE À JOUETS

ON EN LIRA UN PEU CHAQUE FOIS QUE JE VIENDRAI TE GARDER. JE TE PARLERAI DE LA VILLE OÙ ÇA SE PASSE, CAR JE VIVAIS LÀ-BAS AVANT.

YOUPI!

JE SAIS QUE TU VEUX JOUER AVEC CETTE BOÎTE, MAIS J'AI UNE AUTRE IDÉE.

QUOI?

ON POURRAIT ALLER EN VILLE. IL FAIT BEAU POUR UN JOUR DE NOVEMBRE.

ON POURRAIT FAIRE DU LÈCHE-VITRINES, VOIR CE QU'IL Y A AU CINÉMA... ET PEUT-ÊTRE ALLER AU TERRAIN DE JEU EN REVENANT?

...

D'ACCORD, SI TU PROMETS DE RAPPORTER TA BOÎTE.

PROMIS.

OH, DES GLANDS!

JE VAIS LES GARDER. SI J'AI UN ÉCUREUIL DOMESTIQUE, JE POURRAI LE NOURRIR.

QUE FERAIS-TU AVEC UN ÉCUREUIL?

JE LUI PARLERAIS.

TU N'AS PAS D'AMIS AVEC QUI PARLER?

JE VEUX DIRE, D'AUTRES ENFANTS?

NON.

LES ENFANTS DE MA CLASSE NE M'AIMENT PAS ET JE NE LES AIME PAS NON PLUS.

POURQUOI NE LES AIMES-TU PAS?

PARCE QU'ILS NE M'AIMENT PAS.

HUM.

34

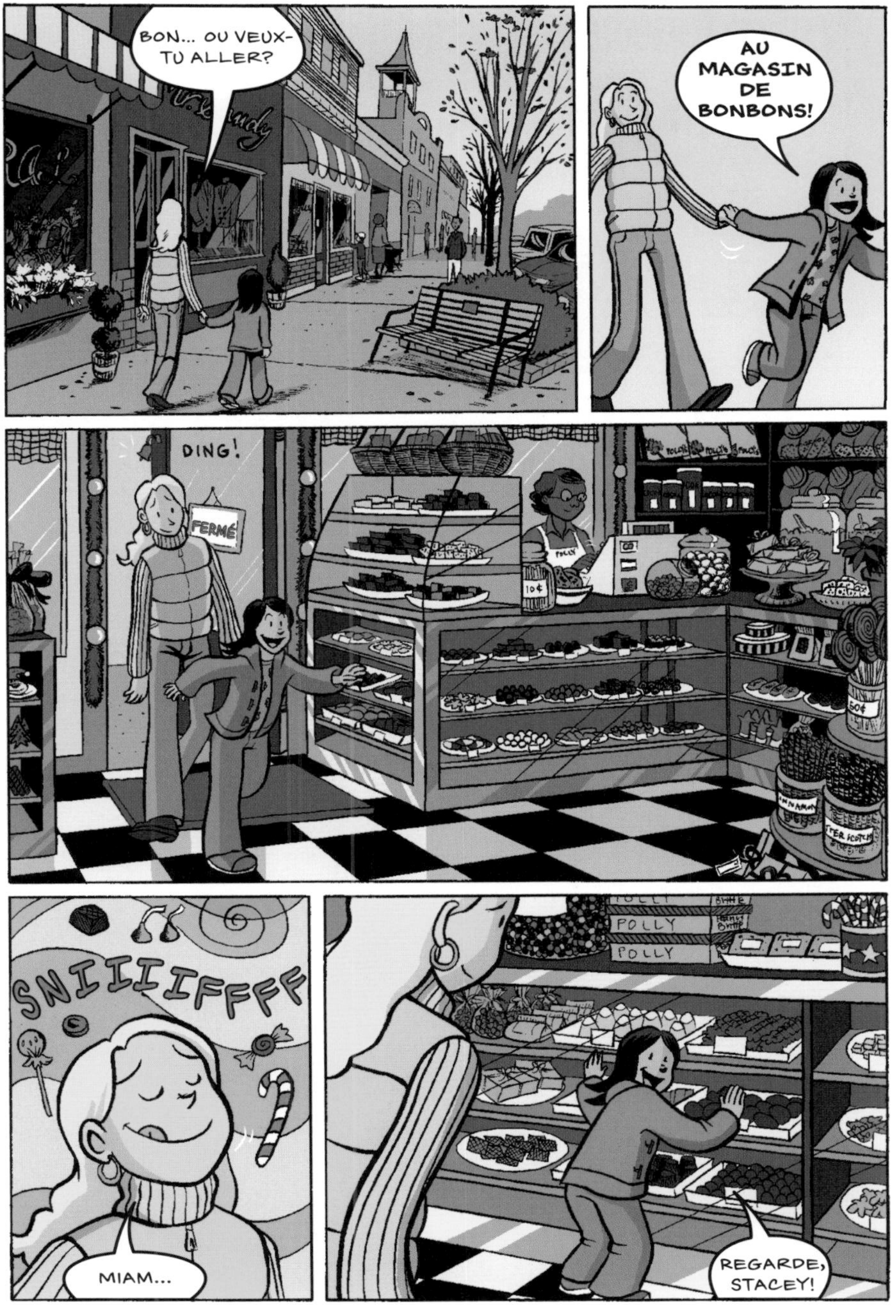
BON... OU VEUX-TU ALLER?
AU MAGASIN DE BONBONS!
DING!
FERMÉ
POLLY
10¢
50¢
SNIIIIFFFF
MIAM...
POLLY
POLLY
POLLY
REGARDE, STACEY!

EST-CE QU'ON PEUT EN ACHETER? UN BONBON CHACUNE?

GLOUP!

J'AI FAILLI CÉDER À LA TENTATION.

VAUT MIEUX PAS.

C'EST BIENTÔT L'HEURE DU SOUPER ET TA MÈRE N'AIME PAS QUE TU MANGES DES BONBONS.

JE SAIS, MAIS JE CROYAIS QUE...

10¢

J'EN VOULAIS, MOI AUSSI. TU N'ES PAS LA SEULE À NE PAS POUVOIR MANGER DE SUCRERIES.

MAIS ON A ENCORE LE TEMPS D'ALLER AU TERRAIN DE JEU.

D'ACCORD!

NON!

IL NE FAIT PAS ENCORE NOIR. ET IL Y A D'AUTRES ENFANTS.

NON. JE VEUX RENTRER.

HÉ, VOILÀ **CHACHA**!

LA CHOUCHOU DU PROF!

CHACHA JE-SAIS-TOUT!

JE NE SUIS PAS LA CHOUCHOU DU PROF!

HA HA!

CHARLOTTE!

VA-T'EN!

JE NE PEUX PAS. JE SUIS TA GARDIENNE!

POURQUOI SE MOQUAIENT-ILS DE TOI?

TROT

JE NE VEUX PAS EN PARLER.

ÇA M'EST AUSSI ARRIVÉ L'AN DERNIER.

À NEW YORK?

OUI.

QUI RIAIT DE **TOI**?

MA MEILLEURE AMIE. ENFIN, MON **ANCIENNE** MEILLEURE AMIE.

POURQUOI FAISAIT-ELLE ÇA?

C'EST UNE LONGUE HISTOIRE.

TU NE VEUX PAS EN PARLER, TOI NON PLUS?

PAS VRAIMENT.

REGARDE LÀ-BAS!

SALUT!

JE SUIS LIZ LEWIS, PRÉSIDENTE DE L'AGENCE DE BABY-SITTERS.

APPELLE-MOI SI TU AS BESOIN D'UNE GARDIENNE POUR TA PETITE SŒUR.

LE NUMÉRO EST SUR LE BALLON. À PLUS!

« AGENCE DE BABY-SITTERS. APPELEZ LIZ LEWIS OU MICHELLE PATTERSON : 555-7548 ».

ENCORE DES GARDIENNES? C'EST QUOI, UNE AGENCE?

C'EST UNE AUTRE LONGUE HISTOIRE.

VIENS. RENTRONS À LA MAISON.

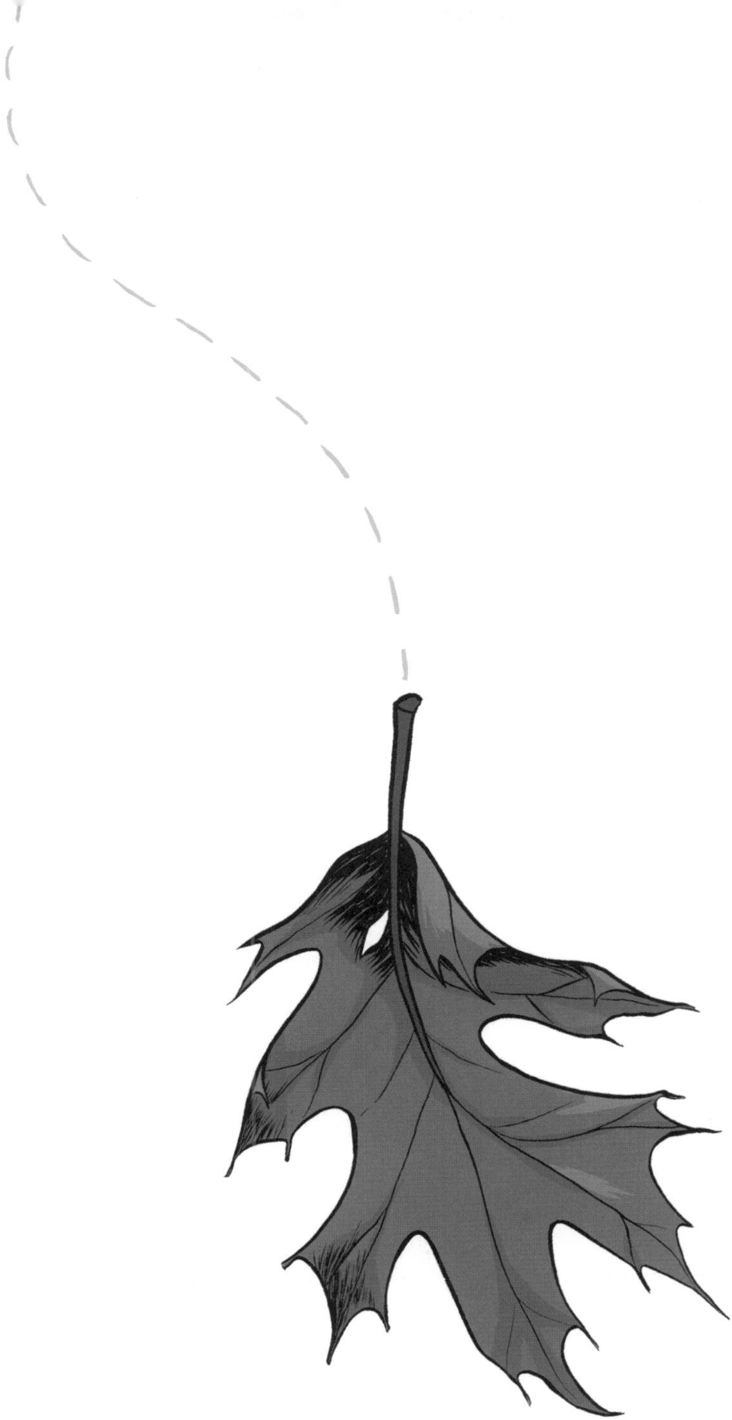

Dimanche, 23 novembre

Cela fait juste une semaine que Liz Lewis et
Michelle Patterson ont distribué leurs dépliants.
D'habitude, notre club reçoit entre quatorze et quinze
appels par semaine. Depuis lundi, on en a eu sept. Voilà
pourquoi j'écris dans ce cahier. C'est sensé être un journal
de bord pour notre gardiennage. Chacune d'entre nous
devrait y partager ses problèmes et ses expériences avec
les autres. Mais l'Agence de Baby-Sitters est le plus gros
problème qu'on ait eu, et je veux faire un suivi ici.

Il faut agir, et vite.

— Kristy

CHAPITRE 5

LE LENDEMAIN, APRÈS L'ÉCOLE, NOUS SOMMES RENTRÉES À LA MAISON ENSEMBLE.

DES BALLONS! POURQUOI N'Y A-T-ON PAS PENSÉ?

OUI, C'EST DOMMAGE.

JE SAIS.

VOULEZ-VOUS VENIR CHEZ MOI?

JE DOIS FAIRE DE LA PEINTURE.

IL FAUT QUE JE PRÉPARE UN PAIN AUX CANNEBERGES POUR L'ACTION DE GRÂCE.

MOI, JE VEUX BIEN VENIR, KRISTY.

OUI, TU VEUX JUSTE VOIR MON FRÈRE SAM...

LA PORTE N'EST PAS VERROUILLÉE... BIZARRE.

J'ESPÈRE QUE MON PETIT FRÈRE N'EST PAS ARRIVÉ AVANT MOI. **DAVID MICHAEL??**

MAMAN! QUE FAIS-**TU** À LA MAISON?

VIENS VOIR QUI EST LÀ!

QUI?

JAMIE! SALUT!

SALUT!

MA MAMAN VA AVOIR UN BÉBÉ!

QUOI? LE BÉBÉ ARRIVE **MAINTENANT**?

JE SAIS QUE VOUS AVIEZ PRÉVU D'AIDER MME NEWTON, MAIS L'ACCOUCHEMENT A COMMENCÉ CE MATIN.

MME NEWTON M'A APPELÉE, ET ILS ONT DÉPOSÉ JAMIE À MON BUREAU EN ALLANT À L'HÔPITAL.

JE LAISSE JAMIE EN DE BONNES MAINS. JE VAIS RETOURNER TRAVAILLER QUELQUES HEURES.

MAMAN! ATTENDS!

C'EST UN GARÇON OU UNE FILLE?

DÉSOLÉE, JE N'AI PAS EU DE NOUVELLES. M. NEWTON A PROMIS D'APPELER DÈS QUE LE BÉBÉ SERA NÉ.

COMBIEN DE TEMPS DURE UN ACCOUCHEMENT?

ÇA DÉPEND DU BÉBÉ. POUR TOI, IL A FALLU 24 HEURES.

QUOI?!

VOICI LA CLÉ DES NEWTON. JE TE PAIERAI POUR CET APRÈS-MIDI. JE RENTRERAI À 18 H 30.

JAMIE, QUE DIS-TU DE ÇA? TU VAS BIENTÔT ÊTRE GRAND FRÈRE!

QUE VEUX-TU? UN FRÈRE OU UNE SŒUR?

UN FRÈRE.

TU **SAIS**...

C'EST TRÈS IMPORTANT DE DEVENIR GRAND FRÈRE.

?

ON DEVRAIT ORGANISER UNE FÊTE DE GRAND FRÈRE!

UNE FÊTE? POUR **MOI**?

OUI! POUR CÉLÉBRER NOTRE GRAND FRÈRE PRÉFÉRÉ... **TOI!!!**

INVITONS TOUT LE MONDE!

ON JOUERA AU TAPIS MUSICAL!

ET ON FERA UNE COURSE D'ŒUFS!

BIP BIP

CLAUDIA S'EN VIENT ET MARY ANNE VIENDRA DÈS QU'ELLE AURA FINI LA PÂTE POUR SON PAIN AUX CANNEBERGES. MALLORY PIKE VA AMENER SES PETITES SŒURS, CLAIRE ET MARGO.

CHOP CHOP

YOUPI!

VA METTRE UN CD DANS LE SALON ET SORS DU PAPIER...

VINGT MINUTES PLUS TARD...

DRINGGG!

KRISTY! TÉLÉPHONE!

C'EST M. NEWTON.

JAMIE, C'EST TON PAPA! VIENS!

ALLÔ, PAPA? BIEN. ON FAIT UNE FÊTE. AH BON. AU REVOIR.

M. NEWTON? QU'EST-CE QUE...

C'EST UNE FILLE.

OOOH!

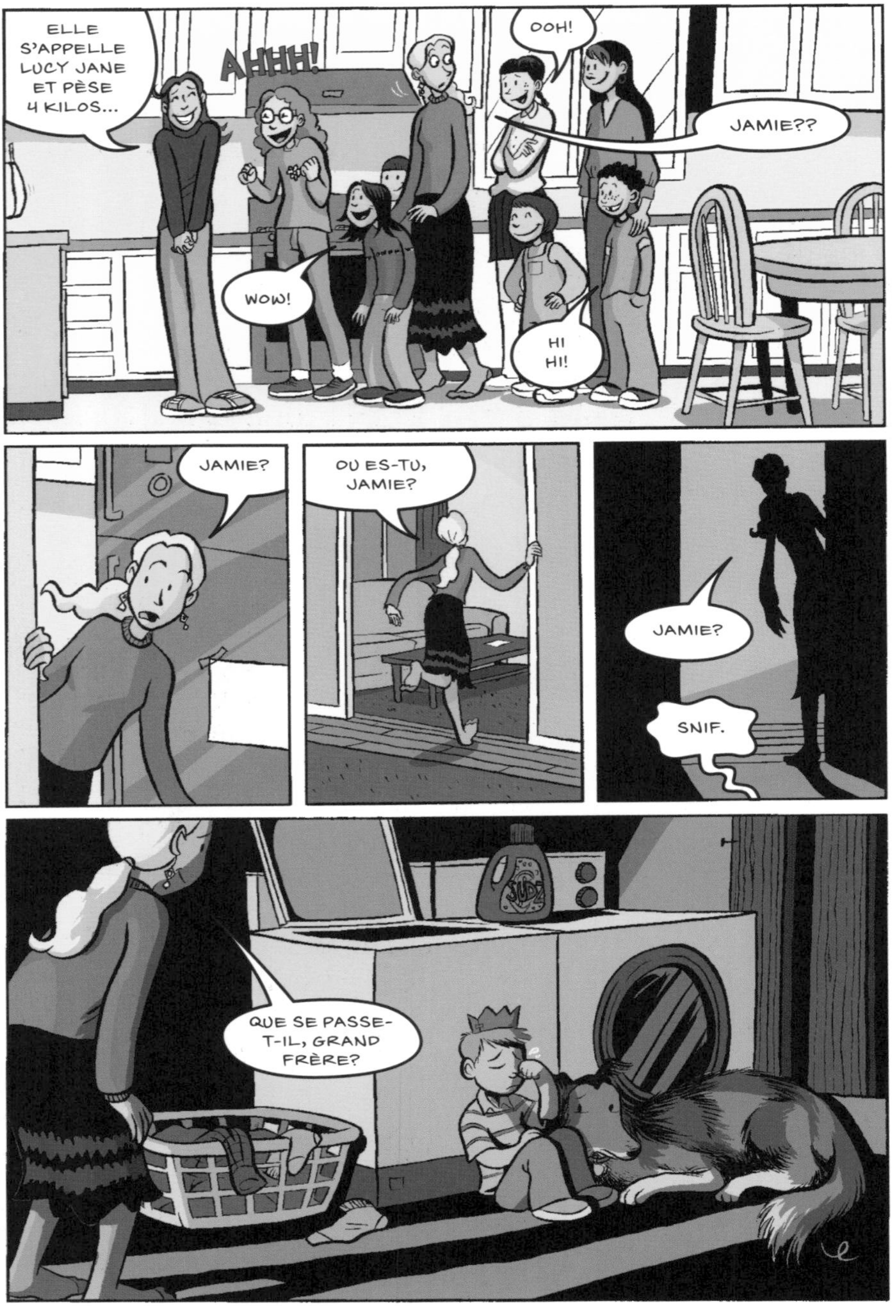
ELLE S'APPELLE LUCY JANE ET PÈSE 4 KILOS...
AHHHH!
OOH!
JAMIE??
WOW!
HI HI!
JAMIE?
OU ES-TU, JAMIE?
JAMIE?
SNIF.
QUE SE PASSE-T-IL, GRAND FRÈRE?

LE BÉBÉ EST ARRIVÉ.

ET TU VOULAIS UN FRÈRE AU LIEU D'UNE SŒUR?

JE NE SAIS PAS.

TOUT VA CHANGER, HEIN?

OUI...

KRISTY NE POURRA PLUS ME GARDER.

ATTENDS UNE MINUTE... QUE VEUX-TU DIRE?

MAMAN A APPELÉ UNE FILLE ET LUI A DIT QU'ELLE AVAIT BESOIN D'UNE GARDIENNE PLUS VIEILLE POUR LE BÉBÉ.

EST-CE QU'ELLE S'APPELAIT LIZ LEWIS?

JE... JE PENSE QUE OUI, MAIS...

JE VEUX KRISTY!

CHAPITRE 6

MARDI MATIN...

JAMIE S'EST PEUT-ÊTRE TROMPÉ? IL N'A QUE TROIS ANS. ON N'EST PAS CERTAINES QUE C'ÉTAIT LIZ LEWIS.

OUAIS!

IL SERAIT LOGIQUE QUE LES NEWTON VEUILLENT QUELQU'UN D'ÂGÉ DE PLUS DE 12 ANS POUR GARDER LEUR BÉBÉ...

MAIS... MAIS...

QU'EST-CE QUE C'EST?

REGARDEZ! « VOULEZ-VOUS GAGNER DE L'ARGENT FACILEMENT? JOIGNEZ-VOUS À L'AGENCE DE BABY-SITTERS. NOUS FAISONS LE PLUS DIFFICILE : TROUVER DU TRAVAIL!! »

AGENCE DE BABY-SITTERS

ABS

VENEZ AUX TOILETTES.

JE SUIS DÉSOLÉE, KRISTY. TU AVAIS RAISON.

QUE VA-T-ON FAIRE À PROPOS DE L'AGENCE?

IL **FAUT** PRENDRE DES MESURES D'URGENCE.

JE PENSE QUE NOUS ALLONS DEVOIR TROUVER DE NOUVEAUX MEMBRES POUR LE CLUB.

ON POURRAIT DEMANDER À DES ÉLÈVES DE HUITIÈME À L'ÉCOLE.

ON **DOIT** FAIRE ÇA?

OHHH...

ON A EU SEULEMENT TROIS APPELS POUR NOUS QUATRE CETTE SEMAINE!

JE N'AI PAS REPARLÉ AUX JOHANSSEN DEPUIS LA DERNIÈRE FOIS QUE J'AI GARDÉ CHARLOTTE.

TU VOIS?

ALORS ON AGRANDIT LE CLUB, D'ACCORD?

DRINNNG!

FILLES

D'ACCORD.

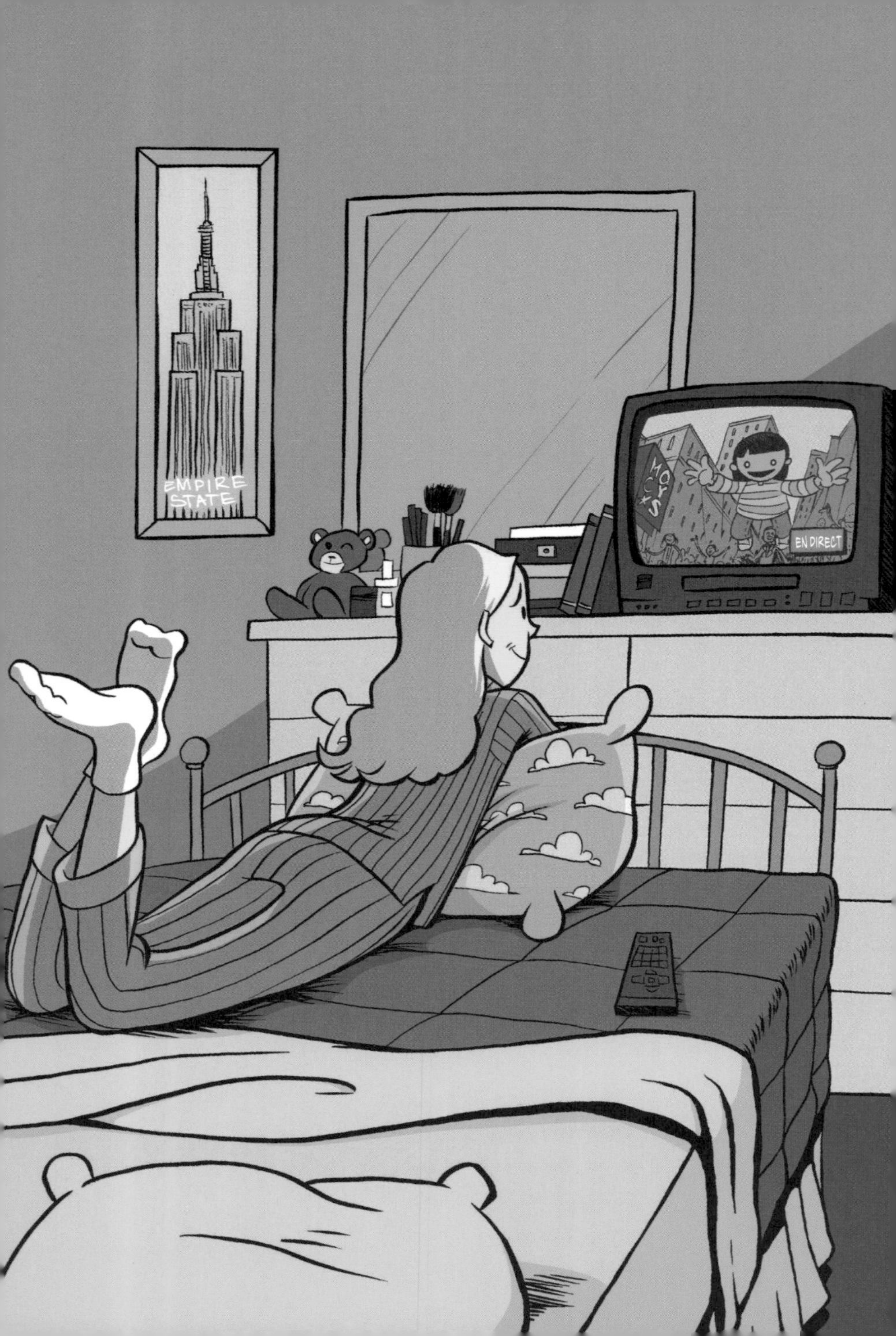
EMPIRE STATE
EN DIRECT

CHAPITRE 7

L'ACTION DE GRÂCE ÉTAIT TRÈS AGRÉABLE.

IL A MÊME NEIGÉ UN PEU.

C'EST LE **LENDEMAIN** QUE MES PARENTS M'ONT ANNONCÉ LA NOUVELLE.

DEVRAIT-ON LE LUI DIRE MAINTENANT?

ME DIRE QUOI?

ON NE VA PAS ENCORE **DÉMÉNAGER?**

MAIS NON, VOYONS!

J'AI PRIS RENDEZ-VOUS POUR TES TESTS AVEC LE NOUVEAU MÉDECIN, MAIS CE SERA PLUS TARD QUE PRÉVU...

PRÈS DE NOËL?

ON PARTIRA POUR NEW YORK LE VENDREDI 12 ET ON REVIENDRA LE MERCREDI 17.

CINQ JOURS! TU AVAIS DIT QUE CE SERAIT JUSTE TROIS!!

TU NE MANQUERAS QUE TROIS JOURS D'ÉCOLE... TU PASSERAS BEAUCOUP DE TEMPS À LA CLINIQUE, MAIS NOUS PROFITERONS DES SOIRÉES ET DU DIMANCHE ENSEMBLE.

HUM.

ON FERA DES EMPLETTES DE NOËL, ON IRA VOIR L'ARBRE AU CENTRE ROCKEFELLER...

ET...

J'AI DES BILLETS POUR LE SPECTACLE **MAGIE DE PARIS**, LE DIMANCHE.

MAGIE DE PARIS? VRAIMENT? WOW! JE VOULAIS TELLEMENT LE VOIR! MERCI, PAPA.

PENSES-Y, STACEY. NEW YORK EN DÉCEMBRE. TU AS TOUJOURS AIMÉ CETTE VILLE AU TEMPS DES FÊTES.

C'EST VRAI... QUE PENSE LA Dᴿᴱ WERNER DE... COMMENT S'APPELLE LE NOUVEAU DOCTEUR?

Dᴿ BARNES.

QUE PENSE LA Dᴿᴱ WERNER DU Dᴿ BARNES?

ELLE N'EST PAS ENCORE AU COURANT.

MAMAN! TU DOIS LUI EN PARLER AVANT! QU'A-T-IL DE SI SPÉCIAL, CE MÉDECIN? POURQUOI DOIS-JE ALLER LE VOIR? C'EST INJUSTE!

STACEY, CE N'EST PAS TOI QUI DÉCIDES. TA MÈRE ET MOI PRENONS LES DÉCISIONS.

À PROPOS DE **MOI**. DE **MON** CORPS.

JE NE ME SENS PAS BIEN.

TON GLUCOSE EST PEUT-ÊTRE BAS? QUAND AS-TU FAIT TA DERNIÈRE INJECTION?

JE VAIS TE CHERCHER UNE POMME. VEUX-TU DU BEURRE D'ARACHIDE? PRÉVIENS-MOI QUAND IL TE FAUT UNE COLLATION...

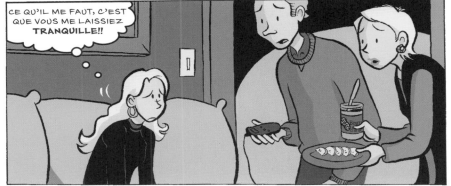

CE QU'IL ME FAUT, C'EST QUE VOUS ME LAISSIEZ **TRANQUILLE!!**

J'AI GARDÉ CHARLOTTE SAMEDI APRÈS-MIDI. C'ÉTAIT MON PREMIER APPEL DE LA SEMAINE!

QUAND SA MÈRE EST ARRIVÉE, J'AI PU LUI PARLER.

D^{RE} JOHANSSEN? MES PARENTS VEULENT QUE JE CONSULTE UN **AUTRE** MÉDECIN À NEW YORK!

C'EST UNE CLINIQUE QUE MON ONCLE A VUE À LA TÉLÉ.

À LA TÉLÉ? COMMENT S'APPELLE CE MÉDECIN?

HEU, DR BARNES.

OH, NON!

QUOI? VOUS LE CONNAISSEZ?

PAS PERSONNELLEMENT, MAIS J'EN AI ENTENDU PARLER. C'EST UN DOCTEUR EN VOGUE DONT ON PARLE BEAUCOUP EN CE MOMENT.

JE LE SAVAIS, JE LE SAVAIS!

NE T'INQUIÈTE PAS...

LE Dr BARNES NE VA PAS TE FAIRE DE MAL. D'APRÈS CE QUE J'AI ENTENDU, IL NE CHANGERA PAS TON TAUX D'INSULINE.

PAR CONTRE, IL...

RECOMMANDERA DES THÉRAPIES ET DES PROGRAMMES COÛTEUX.

DES THÉRAPIES? LESQUELLES?

OH, PROGRAMMES D'EXERCICE, PSYCHIATRIE... THÉRAPIE RÉCRÉATIVE...

IL POURRAIT TE SUGGÉRER DE CHANGER D'ÉCOLE, POUR AVOIR UN ENSEIGNEMENT PERSONNALISÉ.

GLOUP!

CHANGER D'ÉCOLE? NON!!

IL N'Y A RIEN DE **MAL** À TOUT ÇA, MAIS SELON MOI, AUCUN PROGRAMME SPÉCIAL NE TE DÉBARRASSERA DU DIABÈTE.

Dᴿᴱ JOHANSSEN, IL FAUT QUE VOUS M'AIDIEZ!

STACEY, J'AIMERAIS BIEN, MAIS JE CONNAIS À PEINE TES PARENTS.

VOUS ME CONNAISSEZ **MOI**, ET VOUS ÊTES MÉDECIN!

OUI, MAIS PAS **TON** MÉDECIN.

S'IL VOUS PLAÎT?

BON... JE NE PEUX PAS INTERVENIR DIRECTEMENT, MAIS... JE TE PROMETS QUE JE NE TE LAISSERAI PAS ALLER À NEW YORK SANS FAIRE **QUELQUE CHOSE.**

D'ACCORD?

C'ÉTAIT DIFFICILE DE CROIRE QUE J'ALLAIS RETOURNER À NEW YORK BIENTÔT.

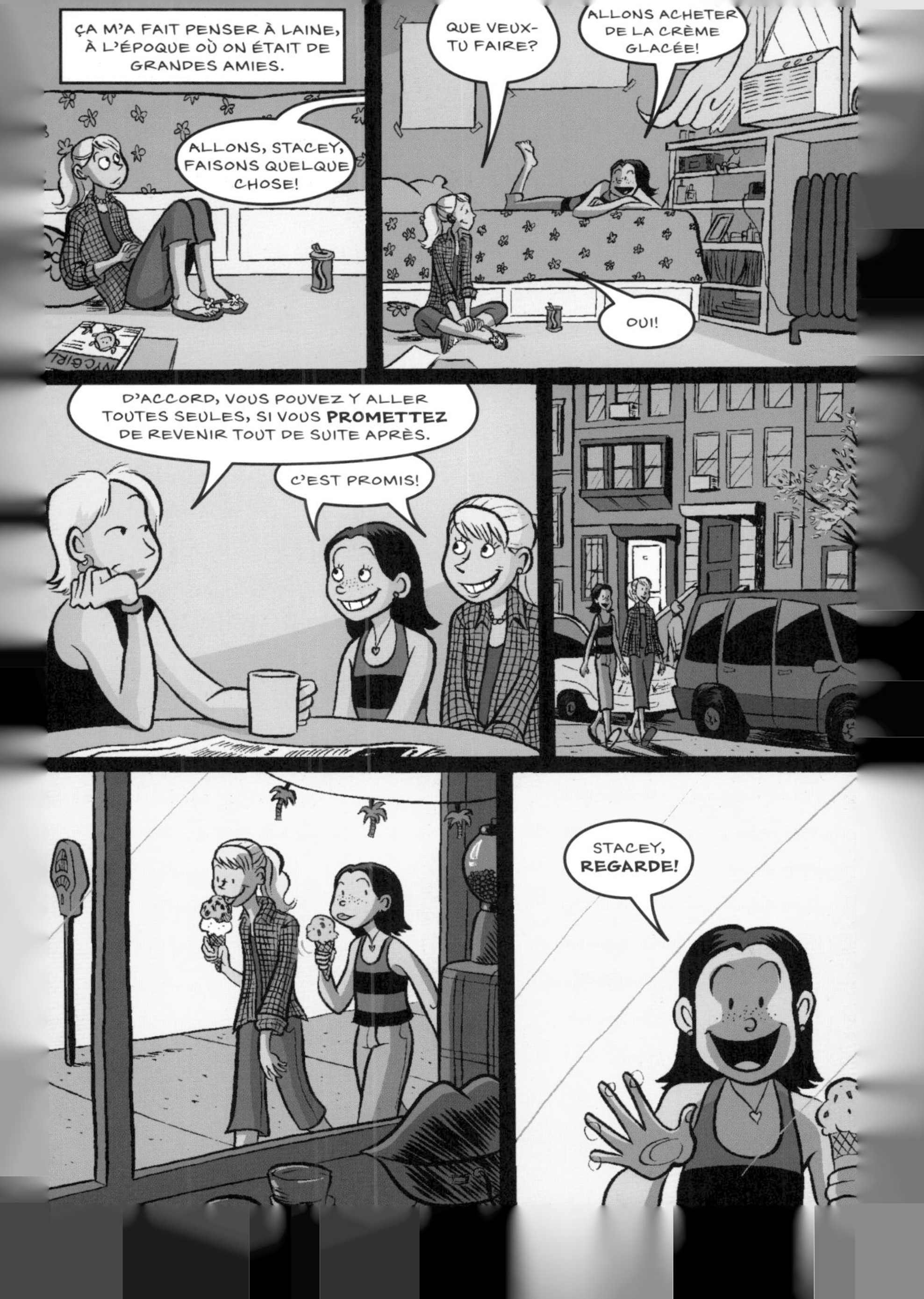
ÇA M'A FAIT PENSER À LAINE, À L'ÉPOQUE OÙ ON ÉTAIT DE GRANDES AMIES.
ALLONS, STACEY, FAISONS QUELQUE CHOSE!
QUE VEUX-TU FAIRE?
ALLONS ACHETER DE LA CRÈME GLACÉE!
OUI!
D'ACCORD, VOUS POUVEZ Y ALLER TOUTES SEULES, SI VOUS PROMETTEZ DE REVENIR TOUT DE SUITE APRÈS.
C'EST PROMIS!
STACEY, REGARDE!

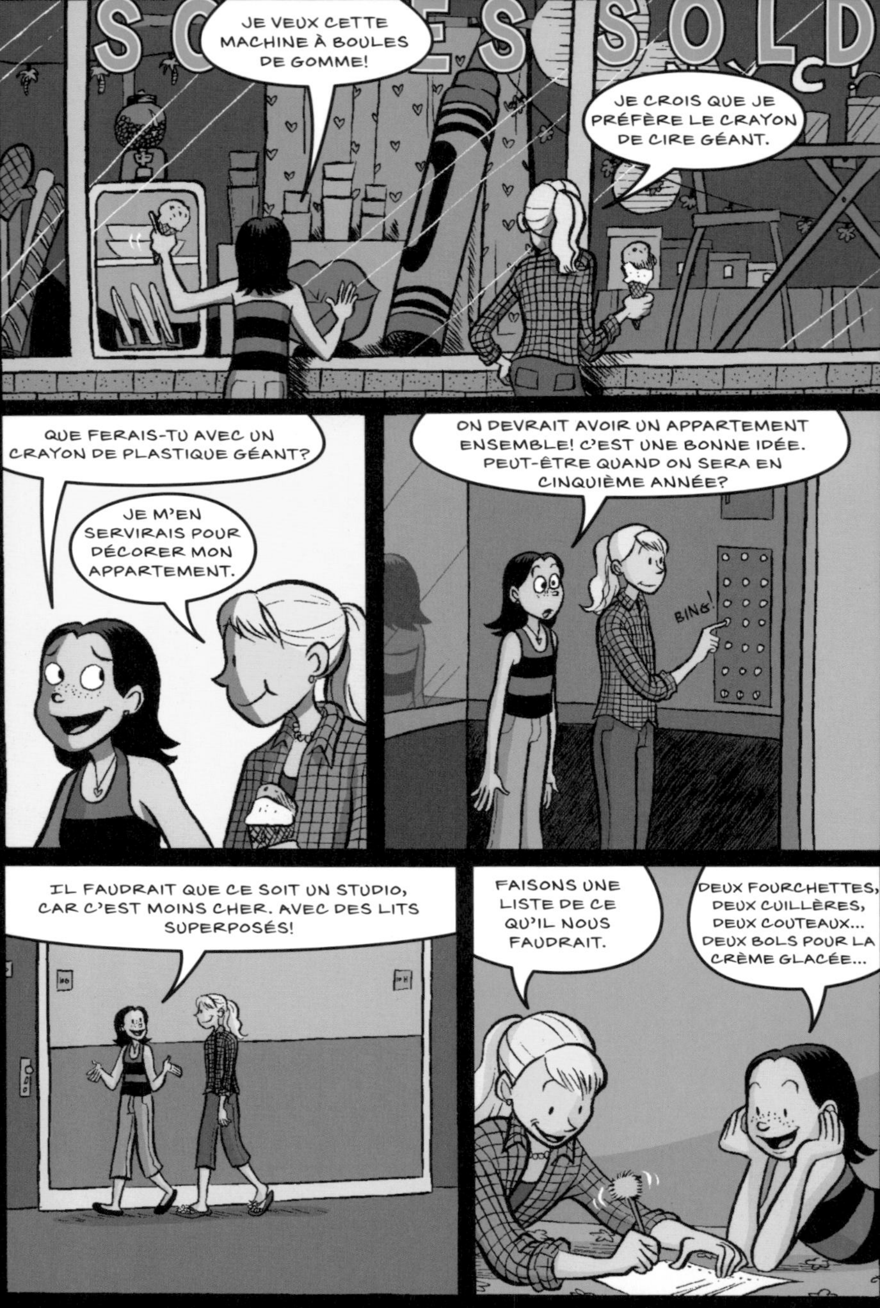
SOLDES SOLD
JE VEUX CETTE MACHINE À BOULES DE GOMME!
JE CROIS QUE JE PRÉFÈRE LE CRAYON DE CIRE GÉANT.
QUE FERAIS-TU AVEC UN CRAYON DE PLASTIQUE GÉANT?
JE M'EN SERVIRAIS POUR DÉCORER MON APPARTEMENT.
ON DEVRAIT AVOIR UN APPARTEMENT ENSEMBLE! C'EST UNE BONNE IDÉE. PEUT-ÊTRE QUAND ON SERA EN CINQUIÈME ANNÉE?
BING!
IL FAUDRAIT QUE CE SOIT UN STUDIO, CAR C'EST MOINS CHER. AVEC DES LITS SUPERPOSÉS!
FAISONS UNE LISTE DE CE QU'IL NOUS FAUDRAIT.
DEUX FOURCHETTES, DEUX CUILLÈRES, DEUX COUTEAUX... DEUX BOLS POUR LA CRÈME GLACÉE...

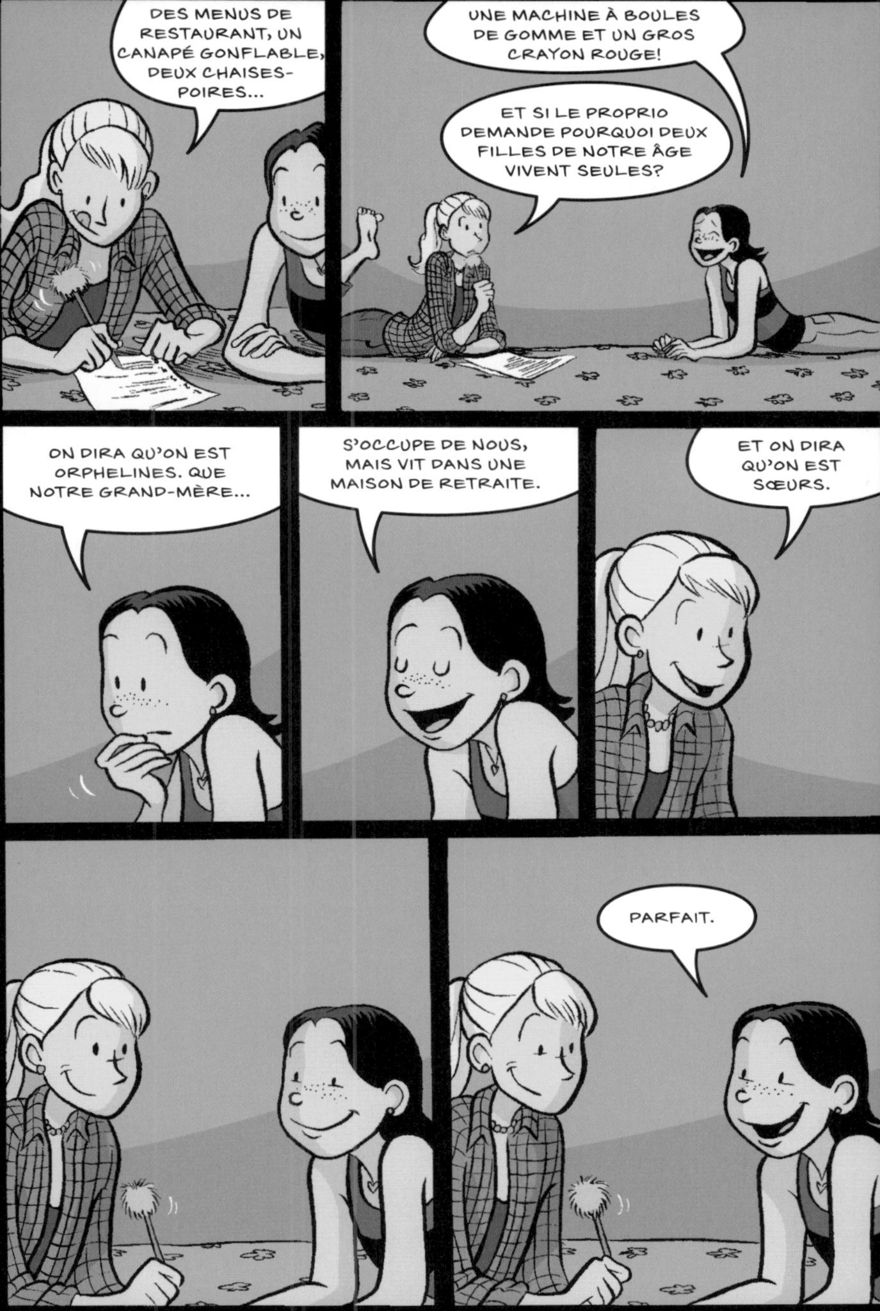

DES MENUS DE RESTAURANT, UN CANAPÉ GONFLABLE, DEUX CHAISES-POIRES...
UNE MACHINE À BOULES DE GOMME ET UN GROS CRAYON ROUGE!
ET SI LE PROPRIO DEMANDE POURQUOI DEUX FILLES DE NOTRE ÂGE VIVENT SEULES?
ON DIRA QU'ON EST ORPHELINES. QUE NOTRE GRAND-MÈRE...
S'OCCUPE DE NOUS, MAIS VIT DANS UNE MAISON DE RETRAITE.
ET ON DIRA QU'ON EST SŒURS.
PARFAIT.

STACEY, TU REVIENS TÔT!

COMMENT ÇA S'EST PASSÉ?

TRÈS BIEN! CHARLOTTE EST UNE ENFANT SUPER.

Crunch

C'EST BIEN. TU AS TOUJOURS VOULU UNE SŒUR. JE ME SOUVIENS QUAND LAINE ET TOI DISIEZ...

QU'ON DISAIT QUOI? JE NE VOUDRAIS **JAMAIS** DE LAINE COMME SŒUR.

JE NE LA VEUX MÊME PAS COMME AMIE.

PFFF.

64

CHAPITRE 8

LUNDI EN ARRIVANT À L'ÉCOLE, KRISTY AVAIT UNE SURPRISE POUR NOUS.

C'EST UNE BLAGUE?

QUOI?

KRISTY, ES-TU SÉRIEUSE?

ALLEZ, LES FILLES. ENFILEZ-LES!

Entrez dans le meilleur club! C B S

Entrez dans le meilleur club! C B S

Le Club Baby Sitters

HEU, LES FILLES...

ÉCOLIERS

VROUUUMM...

Ent dan meill clu

Entrez dans le meilleur

65

YOUHOU!

HÉ, LES FILLES! DONNEZ-MOI VOTRE NUMÉRO! J'AI BESOIN D'UNE GARDIENNE!

HÉ, HO!

BON, SÉPARONS-NOUS.

TU VEUX DIRE QU'ON DOIT FAIRE ÇA **TOUTES SEULES**?

C'EST QUOI, LE CLUB DES BABY-SITTERS?

C'EST SUPER! ON TRAVAILLE BEAUCOUP. ON SE RENCONTRE TROIS FOIS PAR SEMAINE ET...

TROIS RÉUNIONS PAR SEMAINE? JE SUIS TROP OCCUPÉE.

C'EST BEAUCOUP TROP DE TRAVAIL.

JE N'AIME PAS LES ENFANTS.

MA GRAND-MÈRE ME GARDE TOUT LE TEMPS.

STACEY?

OH... SALUT, PETE.

AAAAAAHHH!!!

HUM...

JE VOULAIS TE DEMANDER...

OH, NON... OH, NON...

HEU... VEUX-TU ALLER À LA DANSE DES FLOCONS AVEC MOI?

QUOI?

JE... JE VEUX DIRE, OUI! SUPER! VRAIMENT?

PARFAIT! ON SE VOIT À MIDI, D'ACCORD?

APRÈS ÇA, FAIRE LA FILLE-SANDWICH NE ME DÉRANGEAIT PLUS!

PLUS TARD...

QU'EST-CE QUI TE REND SI CONTENTE, KRISTY? PERSONNE NE VEUT ENTRER DANS LE CLUB!

OUAIS...

J'AI RECRUTÉ DEUX MEMBRES. ELLES SONT EN HUITIÈME.

VRAIMENT?

COMMENT ELLES S'APPELLENT?

JANET GATES ET LESLIE HOWARD.

JE CROYAIS QU'ELLES ÉTAIENT AMIES AVEC LIZ?

PLUS MAINTENANT. ELLES ÉTAIENT DANS L'AGENCE, MAIS ELLES SONT PARTIES PARCE QUE ÇA NE LEUR PLAISAIT PAS.

OH.

ELLES VONT VENIR À NOTRE PROCHAINE RÉUNION!

CRUNCH CRUNCH

QUELQUE CHOSE CLOCHE... OH, JE SAIS CE QUE C'EST!

QUAND ON A COMMENCÉ LE CLUB, ON A POSÉ TOUTES SORTES DE QUESTIONS À STACEY SUR LE BABY-SITTING QU'ELLE AVAIT FAIT À NEW YORK. ON NE LA CONNAISSAIT PAS, MAIS ON VOULAIT UNE BONNE GARDIENNE.

ON A VITE COMPRIS QU'ON POUVAIT LUI FAIRE CONFIANCE. MAIS QUE SAIS-TU À PROPOS DE JANET ET LESLIE, KRISTY?

HEU, RIEN...

ET TU LEUR AS DÉJÀ DIT QU'ELLES POUVAIENT ÊTRE MEMBRES?

OUI...

ÇA ME PARAÎT RISQUÉ.

IL EST TROP TARD, MAINTENANT. IL FAUT COURIR LE RISQUE.

SI L'AGENCE EST AUSSI HORRIBLE QUE LE DISENT JANET ET LESLIE, ÇA NE DURERA PAS LONGTEMPS.

JE ME DEMANDE SI EN NOUS CONCENTRANT VRAIMENT, ON POURRAIT LE FAIRE SONNER.

PFFF.

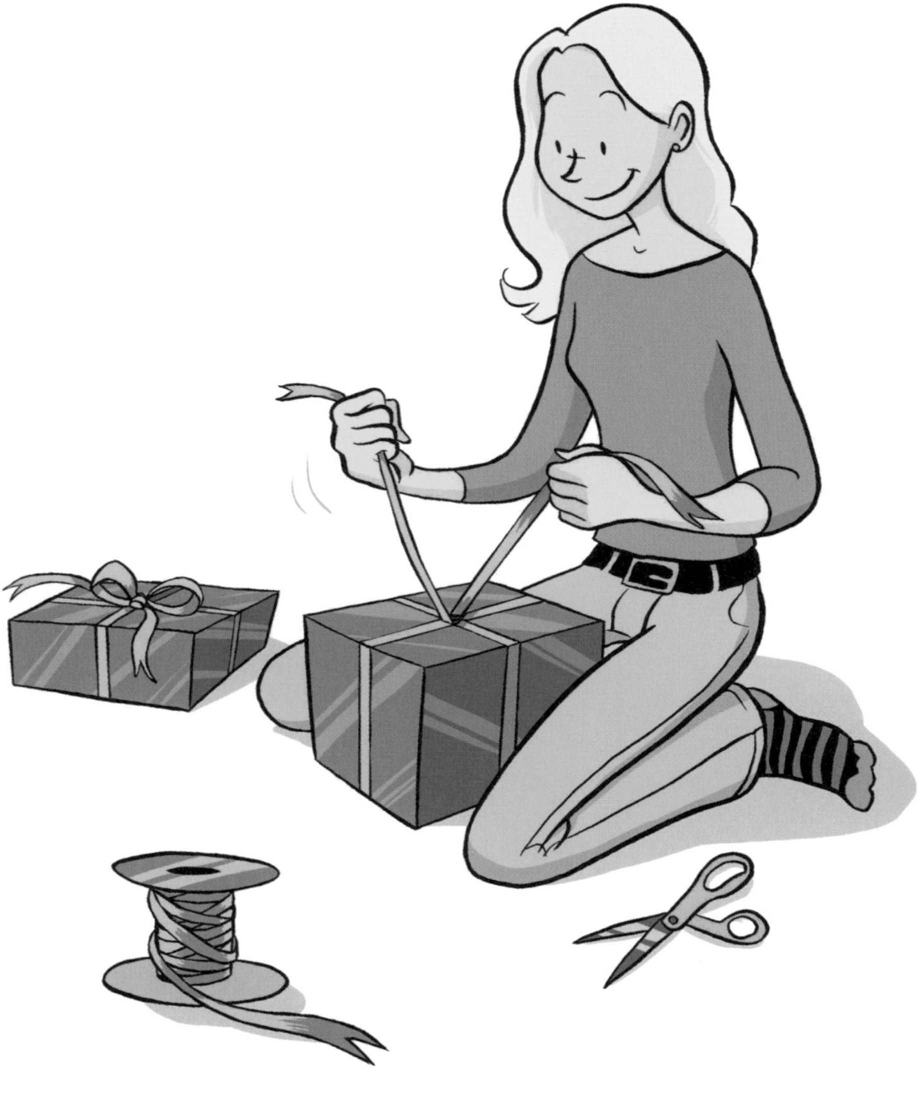

CHAPITRE 9

LE LENDEMAIN APRÈS-MIDI...

BONJOUR LES FILLES! JE SUIS CONTENTE DE VOUS VOIR!

SALUT!

BONJOUR, MME NEWTON.

ENTREZ. JAMIE S'ENNUYAIT DE VOUS. ET J'AI HÂTE DE VOUS PRÉSENTER LUCY!

MAMAN? EST-CE QU'IL Y A DES CADEAUX POUR MOI?

JAMIE, CE N'EST PAS POLI.

TU AS DE LA CHANCE, JAMIE. IL Y EN A QUATRE POUR TOI.

QUATRE?

JE SUIS DÉSOLÉE. C'ÉTAIT UNE SEMAINE DIFFICILE. JAMIE EST UN PEU J-A-L-O-U-X. LUCY A REÇU BEAUCOUP DE C-A-D-E-A-U-X.

ALLONS VOIR LE BÉBÉ AVANT QUE JE DÉBALLE LE RESTE DE VOS CADEAUX.

J'AURAIS AIMÉ QUE VOUS PUISSIEZ LA PRENDRE, MAIS ELLE DORT.

OH!

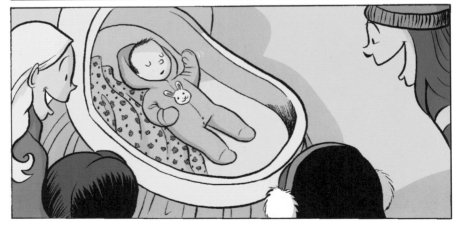

ELLE EST MIGNONNE!

ET SI PETITE!

MME NEWTON? JE PEUX VOUS POSER UNE QUESTION?

JE NE SAIS PAS COMMENT VOUS DIRE ÇA, MAIS... JAMIE A RACONTÉ À STACEY QU'ON NE VIENDRAIT PLUS LE GARDER. IL VOUS A ENTENDUE PARLER AU TÉLÉPHONE AVEC LIZ LEWIS, DE L'AGENCE DE BABY-SITTERS. EST-CE QUE...

J'AURAIS DÛ VOUS EN PARLER. VOUS SEREZ TOUJOURS NOS GARDIENNES PRÉFÉRÉES...

MAIS UN BÉBÉ EST DÉLICAT ET FRAGILE. IL A BESOIN DE SOINS PARTICULIERS.

POURTANT, ON EST RESPONSABLES.

JE LE SAIS, MAIS POUR LES PROCHAINS MOIS, JE ME SENTIRAIS PLUS À L'AISE DE LAISSER LUCY AVEC UNE GARDIENNE PLUS ÂGÉE.

D'ACCORD.

QUAND J'EMMÈNERAI LUCY AVEC MOI, JE SERAI RAVIE DE VOUS APPELER POUR GARDER JAMIE.

AU REVOIR, KRISTY!

ET QUAND LUCY SERA PLUS GRANDE, J'ESPÈRE QUE VOUS REDEVIENDREZ NOS GARDIENNES!

D'ACCORD!

BIEN SÛR!

C'EST CERTAIN.

OUI.

ON EST FICHUES.

74

À LA RÉUNION DU MERCREDI.

ALORS, AVEZ-VOUS GARDÉ SOUVENT?

TRÈS.

CLIC
SMAC

ET TOI?

OUI.

OÙ ÇA?

À L'AUTRE BOUT DE LA VILLE. TU NE LES CONNAIS SÛREMENT PAS.

DITES-LEUR JUSQU'À QUELLE HEURE VOUS POUVEZ GARDER.

MINUIT.

JE PEUX RENTRER QUAND JE VEUX LA FIN DE SEMAINE, DU MOMENT QUE J'AVERTIS MA MÈRE.

HEIN?

QUEL ÂGE AVEZ-VOUS?

SMAC SMAC

QUATORZE.

TREIZE.

DRINNNG!

LE TÉLÉPHONE! ÇA ALORS! CLUB DES BABY-SITTERS, ALLÔ!

C'EST UNE NOUVELLE CLIENTE, MME KELLY. VEUX-TU Y ALLER, LESLIE?

POURQUOI PAS?

DRINNNG!

L'UNE DE VOUS DEUX VEUT RÉPONDRE?

PAS VRAIMENT.

CLUB DES BABY-SITTERS, ALLÔ! D'ACCORD. JE VOUS RAPPELLE.

UNE **AUTRE** NOUVELLE CLIENTE. MME JAYDELL, QUI A DEUX JEUNES ENFANTS. C'EST POUR SAMEDI SOIR. JANET, VEUX-TU T'EN OCCUPER?

HEIN? OUI, JE SUPPOSE.

ALLÔ, MME JAYDELL?

C'EST SUPER. VRAIMENT SUPER.

JE SUIS SOULAGÉE!

LE CLUB DES BABY-SITTERS SEMBLAIT DE NOUVEAU OPÉRATIONNEL.

DRING!

ON ÉTAIT LOIN DE SE DOUTER QU'ON SE TROMPAIT.

77

Lundi, 8 décembre

Aujourd'hui, Kristy, Stacey et Mary Anne
sont arrivées tôt pour la réunion du club.
On avait hâte de savoir comment ça s'était
passé pour Janet et Leslie lors du
baby-sitting de samedi.

À 17 h 30, on s'attendait à ce qu'elles sonnent
à la porte, mais non. À 17 h 50, on s'est
demandé où elles étaient. Kristy était inquiète.
« Quelqu'un devrait le noter dans le cahier,
a-t-elle dit. Quelque chose ne va pas. »

Claudia.

CHAPITRE 10

NOTRE RÉUNION SUIVANTE A EU LIEU LE LUNDI.

CLUB DES BABY-SITTERS, ALLÔ! BIEN SÛR, MME MARSHALL!

QUELQU'UN PEUT GARDER NINA ET ELEANOR MERCREDI APRÈS-MIDI?

JE VÉRIFIE.

HÉ...

IL EST PLUS DE 17 H 30. JANET ET LESLIE DEVRAIENT ÊTRE LÀ!

HEU, OUAIS....

DRING!

CLUB DES BABY-SITTERS, ALLÔ! BONJOUR, MME NEWTON!

SEULEMENT JAMIE? D'ACCORD!

DRING!

CLUB DES.... OH, BONJOUR, WATSON! OUI, JE VEUX BIEN GARDER KAREN ET ANDREW! JE VAIS VÉRIFIER SI JE SUIS LIBRE...

5:50

HEU, LES FILLES?

ELLES AURAIENT AU MOINS PU TÉLÉPHONER POUR PRÉVENIR QU'ELLES NE VIENDRAIENT PAS...

J'AI VU JANET À L'ÉCOLE AUJOURD'HUI, ET ELLE NE M'A RIEN DIT.

JE VAIS LEUR TÉLÉPHONER...

DRING!

CLUB DES BABY-SITTERS, ALLÔ! OUI, ICI KRISTY THOMAS, PRÉSIDENTE DU CLUB... BONJOUR, M. KELLY.

ELLE N'EST **PAS VENUE?!**

EXCUSEZ-MOI, JE N'ÉTAIS PAS AU COURANT. ELLE N'EST PAS ICI. JE SUIS TELLEMENT DÉSOLÉE...

CLIC!

LESLIE NE S'EST PAS PRÉSENTÉE CHEZ LES KELLY SAMEDI.

QUOI?! POURQUOI LES KELLY N'ONT-ILS PAS TÉLÉPHONÉ SAMEDI?

C'EST SIMPLE! LESLIE LEUR A FAIT CROIRE QU'ON N'ÉTAIT PAS FIABLES! M. KELLY A JUSTE APPELÉ POUR S'ASSURER QU'ON ÉTAIT AU COURANT. J'AI L'IMPRESSION QUE LES KELLY NE FERONT PLUS APPEL À NOUS.

DRING!

ALLÔ, CLUB DES BABY-SITTERS. OH, NON, CE N'EST **PAS VRAI!**

C'EST MME JAYDELL.

MME JAYDELL? JANET NE S'EST JAMAIS PRÉSENTÉE?

TCHAC

ON NE LE SAVAIT PAS. JE SUIS DÉSOLÉE QUE VOUS AYEZ RATÉ VOTRE COCKTAIL. OUI, JE COMPRENDS.

CLIC!

AAAAAAAAAAAHH!!!

LE LENDEMAIN.

DONNONS UNE **LEÇON** À CES TRAÎTRES!

TU ES CERTAINE QU'ELLES L'ONT FAIT EXPRÈS?

CERTAINE.

LEURS CLASSES SONT PRÈS D'ICI. ATTENDONS-LES.

JE LES VOIS! ELLES SONT AVEC...

LIZ LEWIS!

JE CROYAIS QU'ELLES NE L'AIMAIENT PAS!

JE SAIS.

QU'EST-CE QUI SE PASSE? OÙ ÉTIEZ-VOUS HIER?

HA HA
HA HA!!

QU'Y A-T-IL
DE DRÔLE?

ON EST MEMBRES DE
L'**AGENCE** DE BABY-SITTERS.

MAIS...
MAIS....

HA HA
HAAA!!

ON VOUS A
BIEN EUES!

C'EST HORRIBLE! JE
VAIS LE DIRE À TOUS
NOS CLIENTS...

TU VAS NOUS
DÉNONCER? TU
N'OSERAS PAS...

LIZ ET MICHELLE VONT JUSTE TRAVAILLER UN PEU PLUS FORT POUR ÊTRE LA MEILLEURE AGENCE DE BABY-SITTING EN VILLE. À PLUS!

J'AI TELLEMENT HONTE! J'AURAIS DÛ VÉRIFIER AVANT.

CE N'EST PAS GRAVE, KRISTY.

IL FAUT CONTINUER, NOUS QUATRE. TANT PIS SI ON A DOUZE ANS. TANT PIS SI ON NE PEUT PAS SORTIR TARD.

OUAIS!

NOTRE SERVICE DE GARDIENNAGE **EST** LE MEILLEUR.... IL FAUT JUSTE TROUVER UNE FAÇON DE LE PROUVER!

Mercredi, 10 décembre

Cet après-midi, j'ai gardé Jamie pendant que
Mme Newton amenait Lucy chez le docteur. Quelque
chose tracassait Jamie. Il broyait du noir comme s'il
avait perdu son meilleur ami. Il m'a accueillie avec
un sourire à mon arrivée, mais aussitôt que
Mme Newton est sortie de la maison avec Lucy
tout emmitouflée, son visage s'est assombri...

Mary Anne

CHAPITRE 11

CE DOIT ÊTRE DIFFICILE D'AVOIR UN NOUVEAU BÉBÉ DANS LA MAISON, HEIN?

ÇA VA.

PLEURE-T-ELLE BEAUCOUP?

NON, ELLE S'ARRÊTE QUAND MAMAN LA BERCE.

TU AS L'AIR TRISTE.

AVANT, J'AIMAIS MES GARDIENNES.

ELLES JOUAIENT AVEC MOI, COLORIAIENT DES MONSTRES ET ME LISAIENT DES HISTOIRES.

MAINTENANT, ELLES SONT TROP OCCUPÉES À PRENDRE SOIN DU BÉBÉ?

NON...

TROP OCCUPÉES À REGARDER LA TÉLÉ! VAS-TU REGARDER LA TÉLÉ, MARY ANNE?

MOI? NON. JE VOULAIS TE PROPOSER DE REGARDER CE QU'IL Y A DANS MA BOÎTE À JOUETS.

LA BOÎTE! TU L'AS APPORTÉE?

ELLE EST DANS L'ENTRÉE. ATTENDS UNE SECONDE, JAMIE...

PARLE-MOI DE TES GARDIENNES. ELLES PASSENT TOUT LEUR TEMPS À REGARDER LA TÉLÉ?

OUI. ET ELLES ONT DES... **ACCIDENTS.**

QUEL GENRE D'ACCIDENTS?

COMME ÇA.

UNE BRÛLURE!

UNE DES GARDIENNES A FAIT ÇA?

OUI.

AVEC UNE CIGARETTE.

OH. QUOI D'AUTRE?

PARFOIS, ELLES PARLENT AU TÉLÉPHONE. PLUS LONGTEMPS QUE PAPA ET MAMAN. MARY ANNE?

OUI?

MARY ANNE S

C'EST QUOI, UN « PETIT AMI »?

C'EST HEU... UN AMI QUI EST UN GARÇON.

EST-CE QUE JE SUIS TON PETIT AMI?

PAS EXACTEMENT. ÉCOUTE, QUI TE GARDE CES TEMPS-CI? CONNAIS-TU LEURS NOMS?

TAMMY, BARBARA ET UN GARÇON.

SI TU NE LES AIMES PAS, TU DEVRAIS EN PARLER À TA MÈRE.

DIS-LUI CE QUE TU M'AS RACONTÉ ET MONTRE-LUI LE FAUTEUIL, D'ACCORD.

D'ACCORD.

J'AI L'IMPRESSION QUE JAMIE VA OUBLIER DE LUI EN PARLER.

PENDANT CE TEMPS-LÀ...

DRING

BONJOUR, DRE JOHANSSEN.

JE SAIS QUE C'EST À LA DERNIÈRE MINUTE, MAIS J'AI BESOIN D'UNE GARDIENNE. CHARLOTTE VEUT QUE CE SOIT TOI.

AH BON? J'ARRIVE TOUT DE SUITE.

BONJOUR, JE SUIS CONTENTE QUE TU SOIS LÀ. CHARLOTTE EST BIZARRE, CES TEMPS-CI.

ELLE DIT QUE TOUT VA BIEN, MAIS ELLE N'EST PAS DANS SON ASSIETTE. J'AI PRIS RENDEZ-VOUS AVEC SON ENSEIGNANTE.

JE VOULAIS QUE TU SOIS AU COURANT.

MON MARI TRAVAILLE TARD CE SOIR ET J'AI UNE RÉUNION DE CONSEIL D'ÉCOLE. NOUS SERONS DE RETOUR AVANT 21 H.

D'ACCORD.

QUAND VOUS RENTREREZ, J'AIMERAIS VOUS PARLER. ON PART POUR NEW YORK SAMEDI, ET J'AI EU UNE IDÉE.

CERTAINEMENT.

À PLUS TARD, MA CHÉRIE.

HUM.

AS-TU BESOIN D'AIDE POUR TES DEVOIRS, CHARLOTTE?

NON, C'EST FACILE.

DONC, TU AURAS BIENTÔT FINI?

QU'EST-CE QUE ÇA PEUT TE FAIRE?

CHARLOTTE, POURQUOI ME PARLES-TU SUR CE TON? ES-TU FÂCHÉE?

JE NE SUIS PAS FÂCHÉE.

TU AS **L'AIR** FÂCHÉE. JE VOULAIS JUSTE SAVOIR SI ON AURAIT LE TEMPS DE LIRE *LE GRILLON* DANS LE MÉTRO QUAND TU AURAS FINI.

OUAIS, **BIEN SÛR.**

TA MÈRE A DIT QUE TU **VOULAIS** QUE JE TE GARDE.

JE VOULAIS QUE TU VIENNES, MAIS PAS QUE TU ME GARDES.

JE NE COMPRENDS PAS.

STACEY, POURQUOI VIENS-TU ME GARDER?

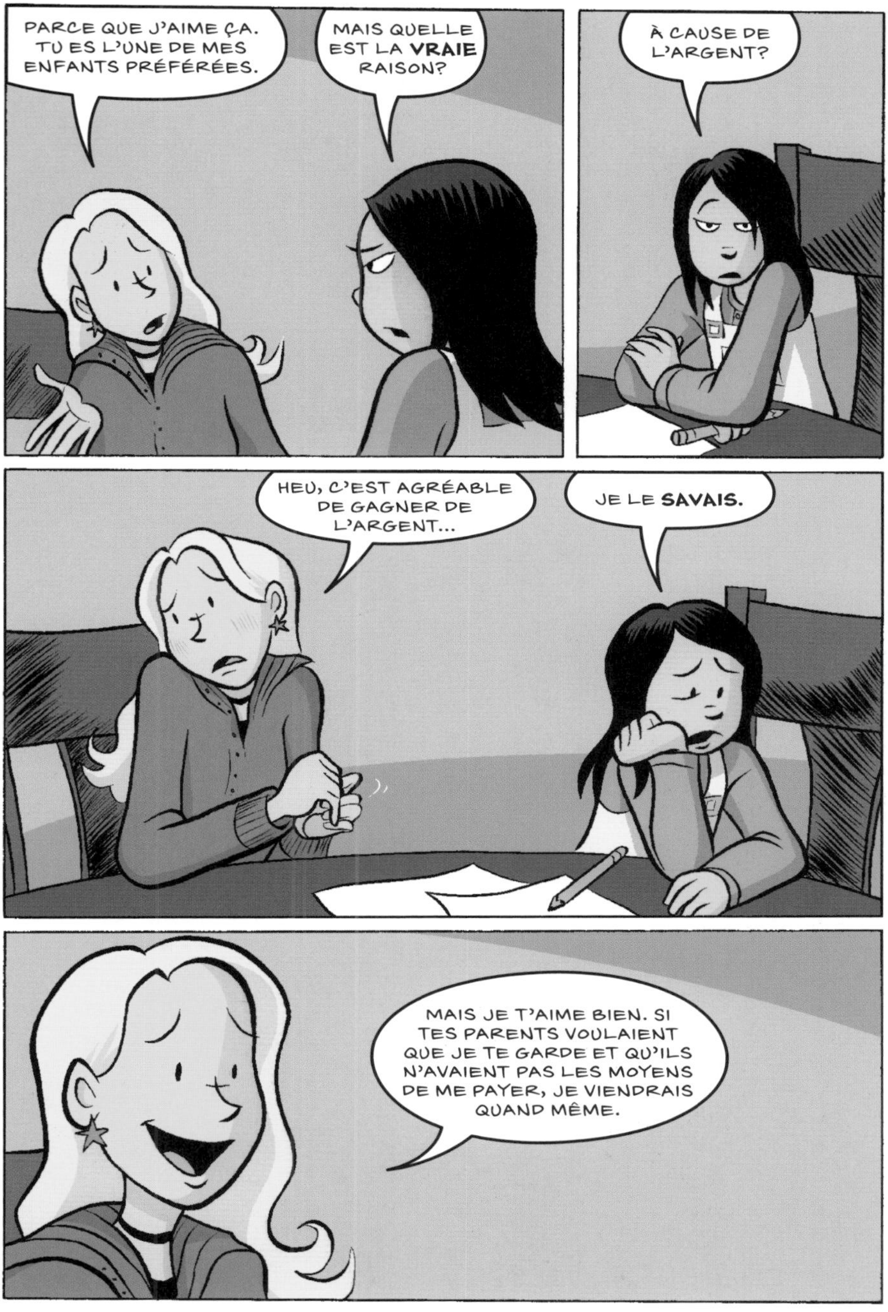
PARCE QUE J'AIME ÇA. TU ES L'UNE DE MES ENFANTS PRÉFÉRÉES.
MAIS QUELLE EST LA **VRAIE** RAISON?
À CAUSE DE L'ARGENT?
HEU, C'EST AGRÉABLE DE GAGNER DE L'ARGENT...
JE LE **SAVAIS.**
MAIS JE T'AIME BIEN. SI TES PARENTS VOULAIENT QUE JE TE GARDE ET QU'ILS N'AVAIENT PAS LES MOYENS DE ME PAYER, JE VIENDRAIS QUAND MÊME.

D'AUTRES GARDIENNES VIENNENT JUSTE POUR L'ARGENT. ELLES SE FICHENT DES ENFANTS.

QUELLES GARDIENNES?

MES NOUVELLES GARDIENNES.

QUI SONT-ELLES?

MICHELLE PATTERSON, LESLIE MACHIN-TRUC ET CATHY MORRIS.

ELLES T'ONT **DIT** QU'ELLES N'AIMAIENT PAS TE GARDER?

ELLIE, LA SŒUR DE CATHY, ME L'A DIT. ELLE EST DANS MA CLASSE ET ELLE ME DÉTESTE.

ELLE A CRIÉ : « CHARLOTTE LA CHOUCHOU N'A PAS D'AMIS! » J'AI DIT QUE MES GARDIENNES ÉTAIENT MES AMIES, ET ELLE A RÉPONDU : « MA SŒUR TE GARDE JUSTE PARCE QUE TES PARENTS LUI DONNENT PLEIN D'ARGENT, IDIOTE! »

JE T'AI INVITÉE À LA FÊTE DE GRAND FRÈRE DE JAMIE, N'EST-CE PAS? JE NE TE GARDAIS PAS CE JOUR-LÀ.

SNIF. C'EST VRAI.

QUE FONT MICHELLE, LESLIE ET CATHY QUAND ELLES TE GARDENT?

ELLES REGARDENT LA TÉLÉ ET PARLENT AU TÉLÉPHONE. UNE FOIS, LESLIE A INVITÉ SON PETIT AMI.

ET MOI, QU'EST-CE QUE JE FAIS?

TU APPORTES DES JOUETS, TU ME LIS DES HISTOIRES, TU M'EMMÈNES DEHORS, TU JOUES AVEC MOI...

C'EST CE QUE FAIT UNE AMIE, NON?

OUI! JE SUIS DÉSOLÉE D'AVOIR ÉTÉ EN COLÈRE.

VEUX-TU ME PARLER DES ENFANTS QUI SE MOQUENT DE TOI À L'ÉCOLE?

NON.

SI JAMAIS TU VEUX EN PARLER, JE SUIS LÀ.

PLUS TARD...

ALORS, STACEY, DE QUOI VOULAIS-TU ME PARLER?

JE VAIS LAISSER MES PARENTS M'EMMENER VOIR LEUR « DOCTEUR » SAMEDI...

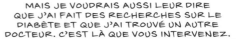

MAIS JE VOUDRAIS AUSSI LEUR DIRE QUE J'AI FAIT DES RECHERCHES SUR LE DIABÈTE ET QUE J'AI TROUVÉ UN AUTRE DOCTEUR. C'EST LÀ QUE VOUS INTERVENEZ.

POURRIEZ-VOUS ME RECOMMANDER QUELQU'UN DE COMPÉTENT, DE PRÉFÉRENCE AVEC BEAUCOUP DE DIPLÔMES ET UN BEAU BUREAU?

J'ALLAIS JUSTEMENT TE RECOMMANDER QUELQU'UN. ON EST SUR LA MÊME LONGUEUR D'ONDE!

SI J'USE DE MON INFLUENCE, JE POURRAIS MÊME T'OBTENIR UN RENDEZ-VOUS SAMEDI.

OH, MERCI!

MAIS JE PRÉFÉRERAIS TOUT EXPLIQUER À TES PARENTS.

NON, S'IL VOUS PLAÎT! CE DOIT ÊTRE UNE SURPRISE! SINON, ÇA NE MARCHERA **JAMAIS!**

ET SI J'ÉCRIVAIS UNE LETTRE À TES PARENTS? TU POURRAIS LA LEUR DONNER CETTE FIN DE SEMAINE... AVANT D'ALLER VOIR LE MÉDECIN.

D'ACCORD. JE POURRAIS FAIRE ÇA.

MERCI, D^{RE} JOHANSSEN!

CLAC

CHAPITRE 12

LE LENDEMAIN, APRÈS L'ÉCOLE, MARY ANNE ET MOI AVONS RÉPÉTÉ À KRISTY ET CLAUDIA CE QUE CHARLOTTE ET JAMIE NOUS AVAIENT RACONTÉ.

ON A UN PROBLÈME.

UN AUTRE?

QUAND J'AI GARDÉ CHARLOTTE, ELLE ÉTAIT **TRÈS** DÉÇUE DE SES NOUVELLES GARDIENNES.

JAMIE **AUSSI!** MAIS CELA POURRAIT FINIR PAR TOURNER À NOTRE AVANTAGE.

COMMENT?

J'AI CONSEILLÉ À JAMIE DE DIRE À SA MÈRE QU'IL N'EST PAS CONTENT. ON NE PEUT PAS EN PARLER AUX PARENTS... MAIS LES ENFANTS PEUVENT LE FAIRE!

C'EST VRAI!

99

À PARTIR DE MAINTENANT, ON DEVRAIT ENCOURAGER LES ENFANTS À PARLER. ILS EN ONT LE DROIT.

ET N'OUBLIONS PAS QU'ON EST DE **BONNES** GARDIENNES, QUI...

HI-HI

JAMIE!!

QU'EST-CE QUE TU FAIS LÀ?

JE JOUE.

TU NE DEVRAIS PAS ÊTRE SUR LA ROUTE. OÙ SONT TES MITAINES ET TA TUQUE? IL FAIT **FROID!**

TA MÈRE EST OCCUPÉE AVEC LUCY?

NON, ELLE A UNE RÉUNION. LUCY DORT.

ZZZZZZZZMMMM

SPLAF!

JAMIE, AS-TU UNE GARDIENNE AUJOURD'HUI?

OUI, BARB... NON, CATHY.

CATHY MORRIS?

OUI.

SAIT-ELLE QUE TU ES ICI?

ELLE A DIT QUE JE POUVAIS JOUER DEHORS.

QUE FAIT-ON?

JAMIE, POURRAIS-TU NOUS RENDRE DEUX GRANDS SERVICES?

OUI.

VA CHERCHER TA TUQUE ET TES MITAINES. DEMANDE À CATHY DE T'AIDER SI TU NE LES TROUVES PAS, MAIS NE SORS PAS SANS LES METTRE!

D'ACCORD.

ENSUITE, SI TU VEUX JOUER DEHORS, JOUE DANS LA COUR. VA SUR TA BALANÇOIRE, D'ACCORD?

OUI.

DITES DONC, C'EST GRAVE! CETTE GARDIENNE QUE L'AGENCE A ENVOYÉE LAISSE UN PETIT DE TROIS ANS JOUER DEHORS TOUT SEUL!

IL AURAIT PU SE FAIRE FRAPPER PAR UNE VOITURE.

IL AURAIT PU SE PERDRE.

LE RUISSEAU N'EST PAS GELÉ. IL AURAIT PU TOMBER DEDANS!

102

IL **FAUT** FAIRE QUELQUE CHOSE. ON DEVRAIT EN PARLER À MME NEWTON.

MAIS ELLE RISQUE DE PENSER QU'ON FAIT ÇA PAR JALOUSIE.

JE CROIS QUE LA SÉCURITÉ DE JAMIE MÉRITE QU'ON PRENNE LE RISQUE.

MOI AUSSI.

MOI AUSSI.

C'EST JUSTE QUE...

VOICI LA VOITURE DE MME NEWTON. C'EST L'OCCASION OU JAMAIS.

ATTENDS, CATHY EST ENCORE LÀ.

BON, TRÈS BIEN. ATTENDONS.

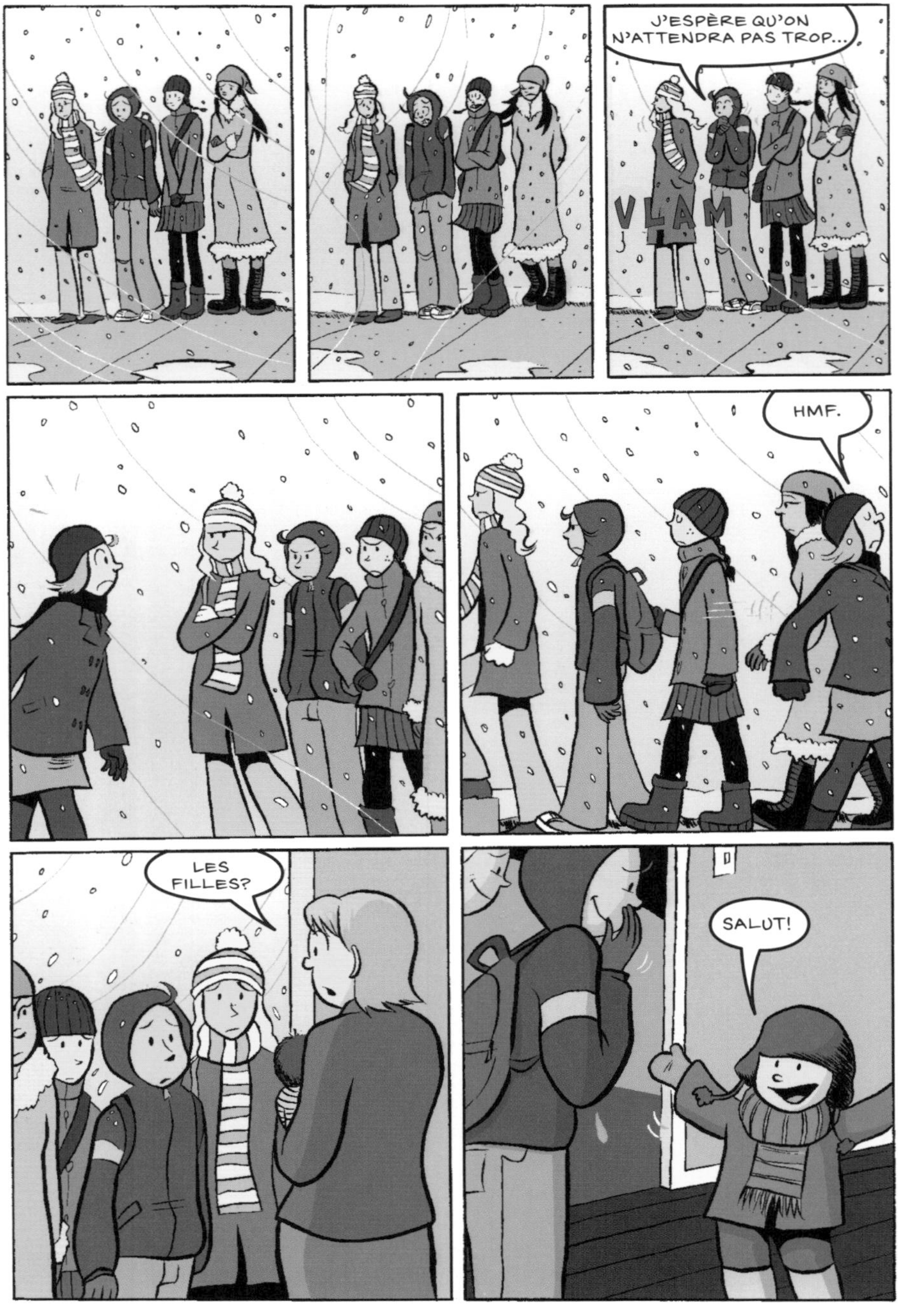
J'ESPÈRE QU'ON N'ATTENDRA PAS TROP...
VLAM
HMF.
LES FILLES?
SALUT!

J'AI FAIT CE QUE VOUS M'AVEZ DIT.

PEUT-ON VOUS PARLER SEULE?

B-BIEN SÛR... QUE SE PASSE-T-IL?

ON DEVRAIT COMMENCER PAR CE QUI EST ARRIVÉ CET APRÈS-MIDI.

ON RENTRAIT DE L'ÉCOLE, ET ON A VU JAMIE JOUER DEHORS.

TOUT SEUL.

DANS LA RUE.

SANS TUQUE NI MITAINES.

IL A DIT QUE CATHY LE GARDAIT, MAIS ON NE L'A PAS VUE. JE CROIS QU'ELLE NE SAVAIT MÊME PAS OÙ IL ÉTAIT.

IL FALLAIT QU'ON VOUS METTE AU COURANT.

!

EXCUSEZ-NOUS D'ÊTRE DES PORTE-PANIERS, MAIS...

NON, NON!

JE SUIS HEUREUSE QUE VOUS ME L'AYEZ DIT. JE NE PEUX PAS CROIRE QU'ELLE... C'EST TELLEMENT **IRRESPONSABLE** DE SA PART!

JAMIE A DIT À MARY ANNE QU'IL N'AIME PAS SES NOUVELLES GARDIENNES.

L'UNE D'ENTRE ELLES FUME ET A BRÛLÉ LE FAUTEUIL OÙ VOUS ÊTES ASSISE.

OH.

CHARLOTTE JOHANSSEN NE LES AIME PAS NON PLUS. ELLE M'EN A PARLÉ HIER SOIR.

EH BIEN...

JE NE VAIS PLUS UTILISER CETTE AGENCE, MÊME SI ON A TROUVÉ UN GARÇON DE 17 ANS QUI EST TRÈS BIEN.

À L'AVENIR, JE L'APPELLERAI DIRECTEMENT. J'ADMETS QUE JAMIE SEMBLAIT TRISTE RÉCEMMENT, MAIS JE PENSAIS QU'IL ÉTAIT JALOUX DU BÉBÉ.

JE VAIS TÉLÉPHONER À LA D^{RE} JOHANSSEN ET AUX AUTRES PARENTS. IL FAUT QU'ILS SACHENT CE QUE VOUS M'AVEZ DIT.

ET JE VAIS APPELER LIZ ET MICHELLE. AINSI QUE CATHY MORRIS.

J'AIMERAIS BIEN SAVOIR LAQUELLE FUME...

MME NEWTON, JE SAIS QUE VOUS VOULEZ APPELER CATHY VOUS-MÊME...

MAIS POURRIEZ-VOUS **NOUS** LAISSER PARLER À LIZ ET MICHELLE?

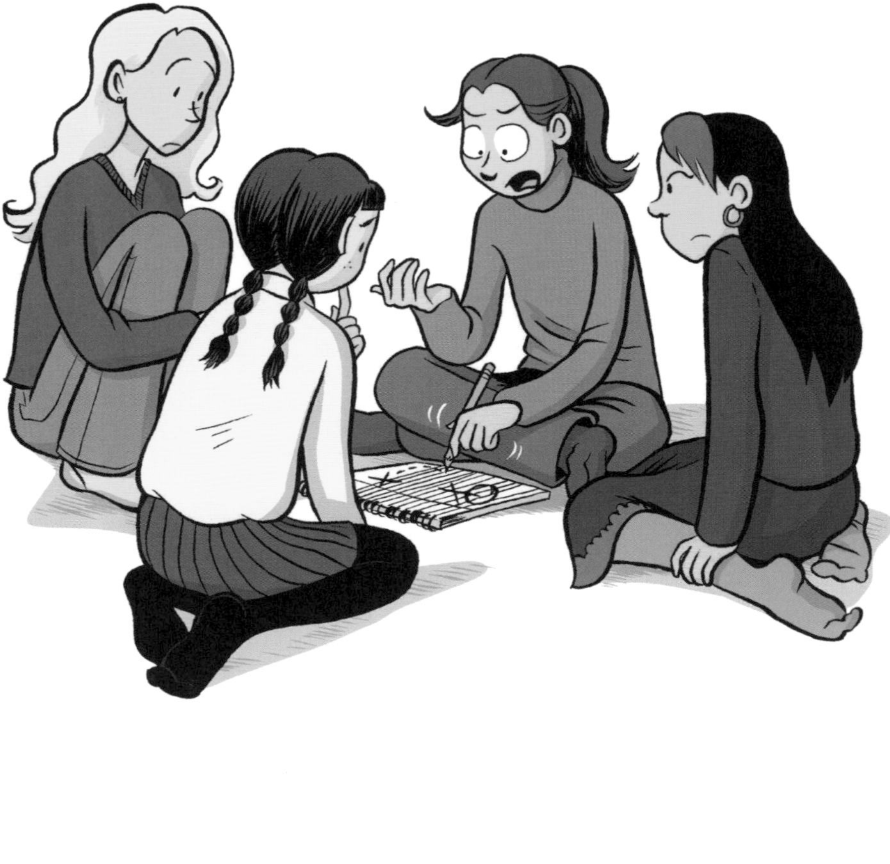

CHAPITRE 13

REGARDE QUI EST LÀ! LE BÉBÉ CLUB!

HA, HA!

QUOI, VOTRE PETIT CLUB A ÉCHOUÉ ET VOUS VOULEZ TRAVAILLER POUR NOUS?

PAS QUESTION. ON VEUT TE PARLER D'UNE CHOSE IMPORTANTE.

QU'EST-CE QUI EST SI IMPORTANT?

HIER, CATHY MORRIS GARDAIT UN PETIT DE TROIS ANS, ET ELLE L'A LAISSÉ SORTIR TOUT SEUL.

ET PUIS?

ET PUIS? ON L'A TROUVÉ QUI JOUAIT SEUL **DANS LA RUE!** LES ENFANTS DE TROIS ANS NE PEUVENT PAS SORTIR SEULS! LES BONNES GARDIENNES LE SAVENT.

TRÈS BIEN, ON NE DONNERA PLUS DE CONTRATS À CATHY.

ELLE N'AIME PAS VRAIMENT GARDER, DE TOUTE FAÇON.

NOUS PAR CONTRE, ON AIME BIEN GARDER.

TU VEUX DIRE QUE VOUS AIMEZ PARLER AU TÉLÉPHONE ET REGARDER LA TÉLÉ TOUTE LA SOIRÉE?

HOLÀ! ON S'OCCUPE DES ENFANTS QU'ON GARDE!

BON, QUEL EST LE SANDWICH PRÉFÉRÉ DE JAMIE?

HÉ! JE NE L'AI GARDÉ QU'UNE FOIS!

BEURRE D'ARACHIDE ET MIEL SUR PAIN GRILLÉ.

QUEL EST LE JEU FAVORI DE CHARLOTTE JOHANSSEN?

CANDYLAND?

CHARLOTTE EST TRÈS INTELLIGENTE. ELLE AIME LE SCRABBLE.

SAVEZ-VOUS À QUOI NINA MARSHALL EST ALLERGIQUE?

C'EST QUOI, LE JEU DES VINGT QUESTIONS?

SI TU AVAIS GARDÉ NINA, TU LE SAURAIS.

JE TE DONNE UN INDICE. C'EST UN ALIMENT. QUEL ALIMENT LUI DONNE DE L'URTICAIRE SI ELLE EN MANGE?

JE NE SAIS PAS, D'ACCORD?

LES FRAISES.

QU'ESSAYEZ-VOUS DE PROUVER? QUE VOUS ÊTES DE MEILLEURES GARDIENNES QUE NOUS?

TU L'AS DIT, PAS MOI!

BON, VOUS L'AVEZ PROUVÉ. MAINTENANT, PARTEZ ET LAISSEZ-NOUS TRANQUILLES.

CET APRÈS-MIDI-LÀ...

SORTIE 1 KM

CHEZ QUI VA-T-ON RESTER, CETTE FOIS? TANTE BEV ET ONCLE LOU, OU TANTE CARLA ET ONCLE ÉRIC?

NI L'UN NI L'AUTRE.

HEIN? ON VA ALLER À L'HÔTEL?

NON...

LES CUMMINGS NOUS ONT INVITÉS. COMME ÇA, TU POURRAS REVOIR LAINE.

QUOI?
LES CUMMINGS??

SAVENT-ILS CE QUE J'AI? LEUR AS-TU FINALEMENT PARLÉ DE MON DIABÈTE?

OUI, ILS SONT AU COURANT. LAINE AUSSI.

COMMENT AVEZ-VOUS PU ME FAIRE ÇA? VOUS SAVEZ QUE LAINE ME DÉTESTE, ET JE LA DÉTESTE.

OH, STACEY. C'ÉTAIT IL Y A DES MOIS. VOTRE DISPUTE EST OUBLIÉE!

SALUT.

PEUH.

JE VEUX QUE TU SACHES QUE ÇA NE ME FAIT PAS PLUS PLAISIR QUE TOI. JE VOULAIS ALLER À L'HÔTEL.

STACEY...

VLAM!

CE SOIR-LÀ, LAINE M'A OBSERVÉE ATTENTIVEMENT.

MAIS IL N'Y AVAIT PAS GRAND-CHOSE À VOIR.

JE NE SAIS PAS À QUOI ELLE S'ATTENDAIT. PERSONNE NE M'ACCORDAIT DE FAVEUR OU D'ATTENTION SPÉCIALE.

LE LENDEMAIN MATIN...

M. ET MME MCGILL? LE DOCTEUR VOUS VERRA DANS QUELQUES MINUTES. STACEY, VIENS AVEC MOI.

?!

À BIENTÔT, STACEY.

MAMAN? PAPA?

PEUT-ON ALLER BOIRE QUELQUE CHOSE AU CAFÉ D'À CÔTÉ?

OUI, BONNE IDÉE.

ET ENSUITE ELLE M'A FAIT PASSER UN TEST DE Q.I., **JE CROIS**. JE N'AI MÊME PAS VU LE MÉDECIN! COMMENT EST-IL?

IL EST... EH BIEN...

SANDWIC
Brie, pom
Cheddar, H
mozzarell
Gruyère C
rosbif
dinde, Av

ÉCOUTEZ, J'AI RÉFLÉCHI. VOUS AVEZ RAISON. C'EST IMPORTANT DE SE RENSEIGNER POUR SAVOIR COMMENT VIVRE AVEC LE DIABÈTE.

J'AI FAIT DES RECHERCHES.

AH BON? C'EST TRÈS BIEN!

J'AI ENTENDU PARLER D'UN MÉDECIN, LE DR GRAHAM.

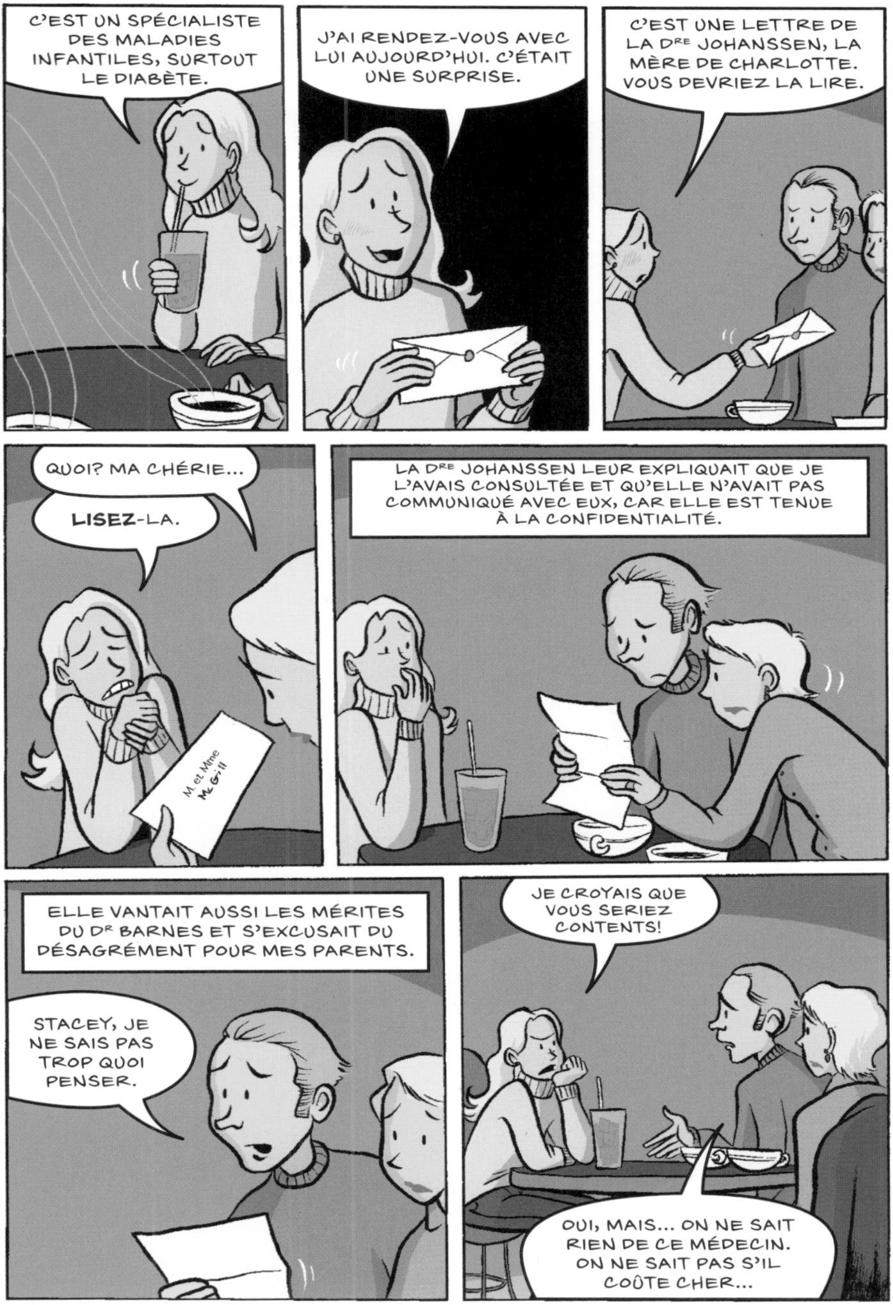
C'EST UN SPÉCIALISTE DES MALADIES INFANTILES, SURTOUT LE DIABÈTE.
J'AI RENDEZ-VOUS AVEC LUI AUJOURD'HUI. C'ÉTAIT UNE SURPRISE.
C'EST UNE LETTRE DE LA DRE JOHANSSEN, LA MÈRE DE CHARLOTTE. VOUS DEVRIEZ LA LIRE.
QUOI? MA CHÉRIE...
LISEZ-LA.
M. et Mme McGill
LA DRE JOHANSSEN LEUR EXPLIQUAIT QUE JE L'AVAIS CONSULTÉE ET QU'ELLE N'AVAIT PAS COMMUNIQUÉ AVEC EUX, CAR ELLE EST TENUE À LA CONFIDENTIALITÉ.
ELLE VANTAIT AUSSI LES MÉRITES DU DR BARNES ET S'EXCUSAIT DU DÉSAGRÉMENT POUR MES PARENTS.
STACEY, JE NE SAIS PAS TROP QUOI PENSER.
JE CROYAIS QUE VOUS SERIEZ CONTENTS!
OUI, MAIS... ON NE SAIT RIEN DE CE MÉDECIN. ON NE SAIT PAS S'IL COÛTE CHER...

J'AURAIS PRÉFÉRÉ QUE TU NOUS EN PARLES AVANT DE PRENDRE RENDEZ-VOUS.

VOUS PRENEZ BIEN RENDEZ-VOUS POUR MOI SANS **ME** CONSULTER!

TU AS RAISON...

DR GRAHAM... ÇA ME DIT QUELQUE CHOSE.

OUI!

IL A UNE EXCELLENTE RÉPUTATION ET IL EST TRÈS DEMANDÉ. C'EST PRESQUE IMPOSSIBLE D'OBTENIR UN RENDEZ-VOUS. TU AS EU DE LA CHANCE.

MON RENDEZ-VOUS EST DANS QUINZE MINUTES. DÉPÊCHONS-NOUS SI ON VEUT ARRIVER À TEMPS!

BONJOUR, TU DOIS ÊTRE STACEY. JE SUIS LE Dr PHILIP GRAHAM.

ALLÔ!

JE SUIS DÉSOLÉE QU'ELLE AIT PRIS RENDEZ-VOUS SANS...

CE N'EST PAS UN PROBLÈME. ASSEYEZ-VOUS.

JE NE VAIS PAS T'EXAMINER AUJOURD'HUI. JE VEUX JUSTE TE POSER QUELQUES QUESTIONS.

QUELQUES QUESTIONS! IL EN A POSÉ UN MILLION! SUR MA NAISSANCE, MA SANTÉ AVANT LE DIAGNOSTIC, MA NOUVELLE ÉCOLE, MES AMIS...

ON A PARLÉ LONGTEMPS, ET IL A MÊME MIS MES PARENTS À L'AISE.

VOUS DEVEZ ÊTRE TRÈS FIERS DE VOTRE FILLE.

OH OUI, ABSOLUMENT!

D'APRÈS CE QUE VOUS M'AVEZ DIT, STACEY ÉTAIT TRÈS MALADE, MAIS A FAIT D'EXCELLENTS PROGRÈS GRÂCE À SON TRAITEMENT.

JE NE VOIS QU'UN SEUL PROBLÈME.

LEQUEL?

119

MÊME SI STACEY A BIEN ACCEPTÉ VOTRE DÉMÉNAGEMENT AU CONNECTICUT, ELLE SEMBLE TROUBLÉE PAR SA MALADIE.

ELLE VOUDRAIT AVOIR LE CONTRÔLE SUR SON DIABÈTE, MAIS EN A UN PEU PEUR. JE ME TROMPE?

EH BIEN...

CHAQUE FOIS QUE JE PENSE AVOIR COMPRIS, ON VOIT UN **AUTRE** DOCTEUR QUI DIT QUELQUE CHOSE DE DIFFÉRENT.

LA D^RE JOHANSSEN PENSE QUE LE DR BARNES POURRAIT M'ENVOYER CHEZ UN PSYCHIATRE OU ME FAIRE CHANGER D'ÉCOLE.

JE NE **VEUX PAS** CHANGER D'ÉCOLE! JE NE VEUX PLUS VOIR D'AUTRES MÉDECINS!

J'ADMETS QUE JE SUIS **SURPRIS** PAR LE NOMBRE DE TESTS QUE LE DR BARNES A PRÉVU POUR STACEY LUNDI ET MARDI.

QUE PENSEZ-**VOUS** DE LA CLINIQUE DU DR BARNES?

J'ESTIME QUE CE SONT DES FOUTAISES, HONNÊTEMENT. RIEN DE TOUT CELA NE FERA DE MAL À STACEY, MAIS JE NE CROIS PAS QUE CE SOIT NÉCESSAIRE.

CE DONT ELLE A BESOIN, C'EST DE **STABILITÉ**.

DR.GR

ELLE SEMBLE EN TRÈS BONNE SANTÉ, SI L'ON CONSIDÈRE À QUEL POINT ELLE ÉTAIT MALADE IL Y A UN AN.

ELLE A L'AIR DE BIEN CONTRÔLER SES INJECTIONS D'INSULINE ET SON ALIMENTATION.

IL EST PEUT-ÊTRE TEMPS QUE **STACEY** AIT SON MOT À DIRE SUR SES TRAITEMENTS.

VEUX-TU RETOURNER À LA CLINIQUE?

NON!

MERCI, Dʳ GRAHAM.

N'HÉSITEZ PAS À M'APPELER SI VOUS AVEZ DES QUESTIONS.

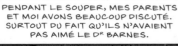

CHAPITRE 14

PENDANT LE SOUPER, MES PARENTS ET MOI AVONS BEAUCOUP DISCUTÉ. SURTOUT DU FAIT QU'ILS N'AVAIENT PAS AIMÉ LE DR BARNES.

PUIS ON A RETROUVÉ LAINE ET SES PARENTS AU CINÉMA.

C'EST BONDÉ! ON VA S'ASSEOIR LÀ-BAS. LAINE ET STACEY PEUVENT PRENDRE LES DEUX SIÈGES À L'ARRIÈRE.

MERCI DE M'AVOIR DEMANDÉ SI **JE** VOULAIS QUELQUE CHOSE.

TU NE PEUX PAS EN MANGER, DE TOUTE FAÇON.

JE PEUX MANGER DU MAÏS SOUFFLÉ ET BOIRE DES BOISSONS DIÈTE.

JE NE LE SAVAIS PAS!

SI TU M'ADRESSAIS LA PAROLE, JE...

CHUT!

TU NE ME PARLES PAS NON PLUS! TU NE M'AS JAMAIS DIT LA VÉRITÉ SUR... TA MALADIE.

POURQUOI PARLERAIS-JE À QUELQU'UN QUI TOURNE TOUTES MES AMIES CONTRE...

CHUT!

PARDON, LAINE, JE VAIS ME CHERCHER À MANGER.

UN COCA DIÈTE ET UN PETIT MAÏS SOUFFLÉ SANS BEURRE, S'IL VOUS PLAÎT.

ÇA FERA 9,25 $.

BIP BIP

OH... J'AVAIS OUBLIÉ À QUEL POINT TOUT EST CHER À NEW YORK...

TIENS.

mais soufflé 3.00
orangeade 4.25
bretzels 4.50

MERCI.

ASSE-CROÛTE
mais soufflé 5.00
coca, limonade, orangeade,
bière d'épinette,
crème glacée 4.95

STACEY?

OUI?

JE SUIS DÉSOLÉE.

AH BON?

OUI.

MOI AUSSI JE SUIS DÉSOLÉE... J'AURAIS DÛ T'EXPLIQUER CE QUE J'AVAIS.

MAIS MES PARENTS N'EN PARLAIENT À PERSONNE, SAUF À LA FAMILLE, ET... POURQUOI AS-TU ARRÊTÉ D'ÊTRE MON AMIE?

JE NE SAIS PAS...

EN FAIT, JE LE SAIS. ÇA VA TE PARAÎTRE RIDICULE, MAIS J'ÉTAIS JALOUSE.

QUOI?! JALOUSE DE MOI? TU **VOULAIS** ÊTRE MALADE?

BIEN SÛR QUE NON! MAIS TU AVAIS TOUTE L'ATTENTION DES PROFS...

126

ILS TE DEMANDAIENT COMMENT TU TE SENTAIS, T'ACCORDAIENT PLUS DE TEMPS POUR LES DEVOIRS...

ET TU MANQUAIS SOUVENT L'ÉCOLE.

LAINE, J'AI TELLEMENT MANQUÉ QUE J'AI PRESQUE DÛ **REDOUBLER** MA SIXIÈME!

SANS BLAGUE? JE NE LE SAVAIS PAS. TE SOUVIENS-TU DE BOBBY REEDER?

IL PENSAIT QUE TU ÉTAIS CONTAGIEUSE, ET JE L'AI CRU. COMME J'ÉTAIS TA MEILLEURE AMIE, J'ÉTAIS CERTAINE QUE J'ALLAIS « ATTRAPER » CE QUE TU AVAIS.

OH.

QUAND MES PARENTS ONT APPRIS NOTRE DISPUTE, ILS ÉTAIENT FÂCHÉS CONTRE MOI. ON EN A BEAUCOUP PARLÉ, MAIS JE NE SAVAIS PAS COMMENT M'EXCUSER.

C'EST POUR ÇA QUE JE NE T'AI JAMAIS ÉCRIT.

J'**ÉTAIS** PLUTÔT FÂCHÉE...

MAIS ÇA AURAIT AIDÉ SI JE T'AVAIS DIT LA VÉRITÉ.

TU SAIS, PARFOIS, JE PENSE AUX ÉLÈVES DE L'ÉCOLE.

QUI ÇA?

JE ME SOUVIENS QUE DEIRDRE DUNLOP SE VANTAIT QU'ELLE SERAIT LA PREMIÈRE À AVOIR UN VRAI SOUTIEN-GORGE. EST-CE ARRIVÉ?

HI, HI!

OUI! ET LE **JOUR** OÙ ELLE L'A PORTÉ, LOWELL JOHNSTON L'A INVITÉE À SORTIR AVEC LUI!

PAS VRAI!

STACEY, REGARDE!

LE FILM EST FINI?! ON L'A COMPLÈTEMENT MANQUÉ!

OUI!

MAIS ÇA EN VALAIT LA PEINE!

LAINE ET MOI AVIONS PLEIN DE CHOSES À NOUS RACONTER, ALORS ON A BAVARDÉ TOUTE LA FIN DE SEMAINE.

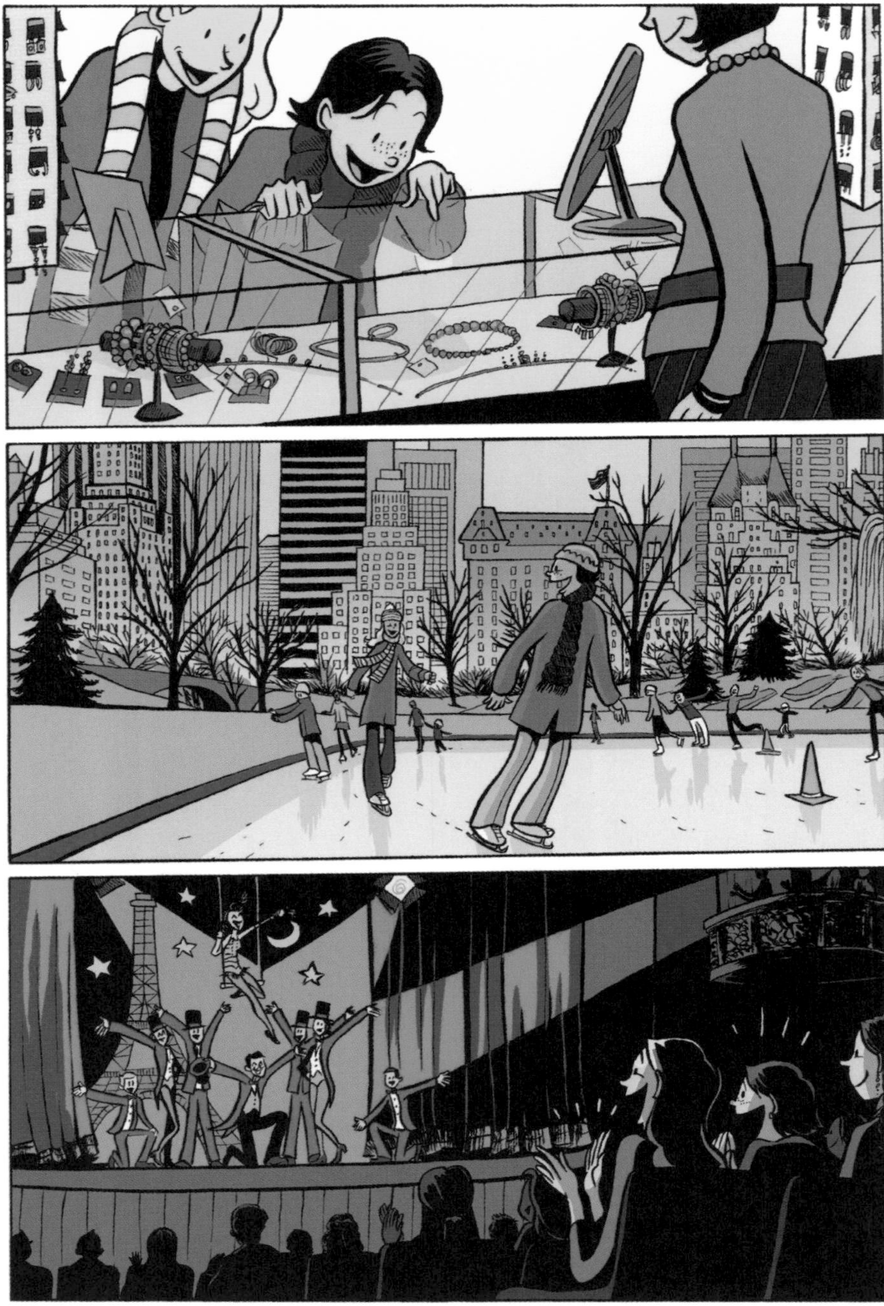

LE DIMANCHE SOIR, JE ME SENTAIS LÉGÈRE, COMME SI JE M'ÉTAIS DÉBARRASSÉE D'UN POIDS.

BONNE NUIT, LAINE.

BONNE NUIT, STACEY.

DEUX, EN FAIT...

ALLÔ, DR BARNES... JE SUIS DÉSOLÉE, MAIS NOUS AVONS DÉCIDÉ D'ANNULER LE RESTE DES TESTS DE STACEY.

ENSUITE, ON EST RENTRÉS **CHEZ NOUS!**

131

DANS L'APRÈS-MIDI...

STACEY, TU ES RENTRÉE PLUS TÔT QUE PRÉVU! TOUT VA BIEN?

OUI, MIMI! CLAUDIA EST EN HAUT?

BIEN SÛR!

STACEY!!

CLAUDIA!

TU NOUS AS TELLEMENT MANQUÉ! QUELLE FIN DE SEMAINE DE FOU! J'AI PLEIN DE CHOSES À TE RACONTER!

JAMIE, CHARLOTTE ET LES AUTRES ENFANTS ONT **TOUT** DIT À LEURS PARENTS. TU AURAIS DÛ VOIR LE VISAGE DE LIZ ET MICHELLE QUAND... ATTENDS, COMMENT C'ÉTAIT À NEW YORK?

TRÈS BIEN. TRÈS, TRÈS BIEN. MAIS RACONTE-MOI TOUT!

JE DEVRAIS ATTENDRE QUE KRISTY ET MARY ANNE SOIENT LÀ...

JE VAIS RÉPONDRE!

DRING!

CLUB DES BABY-SITTERS! BONJOUR, MME NEWTON!

BONJOUR, STACEY!

J'AI UNE RÉUNION DU CLUB DE LECTURE CHEZ MOI VENDREDI. J'AI BESOIN DE QUELQU'UN POUR SURVEILLER LUCY ET DISTRAIRE JAMIE PENDANT UNE HEURE OU DEUX.

COMPTEZ SUR MOI! À QUELLE HEURE?

15 H.

OH, ET JE VOULAIS TE DIRE...

J'AI EU UNE DISCUSSION AVEC CATHY MORRIS. ELLE NE COMPREND MÊME PAS CE QU'ELLE A FAIT DE MAL!

J'AI APPELÉ LES JOHANSSEN, LES PIKE, LES GIANMARCO ET LES DODSON... JAMIE ET CHARLOTTE N'ÉTAIENT PAS LES SEULS ENFANTS MÉCONTENTS.

TOUT LE MONDE EST RECONNAISSANT QUE VOUS AYEZ EU LE COURAGE DE NOUS DIRE CE QUI SE PASSAIT.

STACEY, TU NE PEUX PAS ACCEPTER UN TRAVAIL SANS EN PARLER AUX AUTRES MEMBRES.

DÉSOLÉE... J'AI OUBLIÉ. J'ÉTAIS TROP CONTENTE.

JE COMPRENDS.

MOI AUSSI, JE SERAIS CONTENTE DE GARDER LUCY. DE PLUS, IL M'EST ARRIVÉ PLUSIEURS FOIS D'ENFREINDRE LA RÈGLE MOI AUSSI.

STACEY!

CHAPITRE 15

LE TÉLÉPHONE A SONNÉ TOUT L'APRÈS-MIDI. À 18 H, ON ÉTAIT TOUTES TRÈS SATISFAITES.

JE ME DEMANDE SI QUELQU'UN NOUS APPELLERA CE SOIR, QUAND ON SERA À LA MAISON!

PROBABLEMENT.

AVEC NOËL QUI APPROCHE, TOUT LE MONDE VA À DES FÊTES, DES SOUPERS, DES SPECTACLES...

CE SERA PEUT-ÊTRE NOTRE MEILLEURE SAISON!

PENSEZ-VOUS QUE L'AGENCE DE BABY-SITTERS RECEVRA D'AUTRES APPELS?

J'EN DOUTE **FORT.**

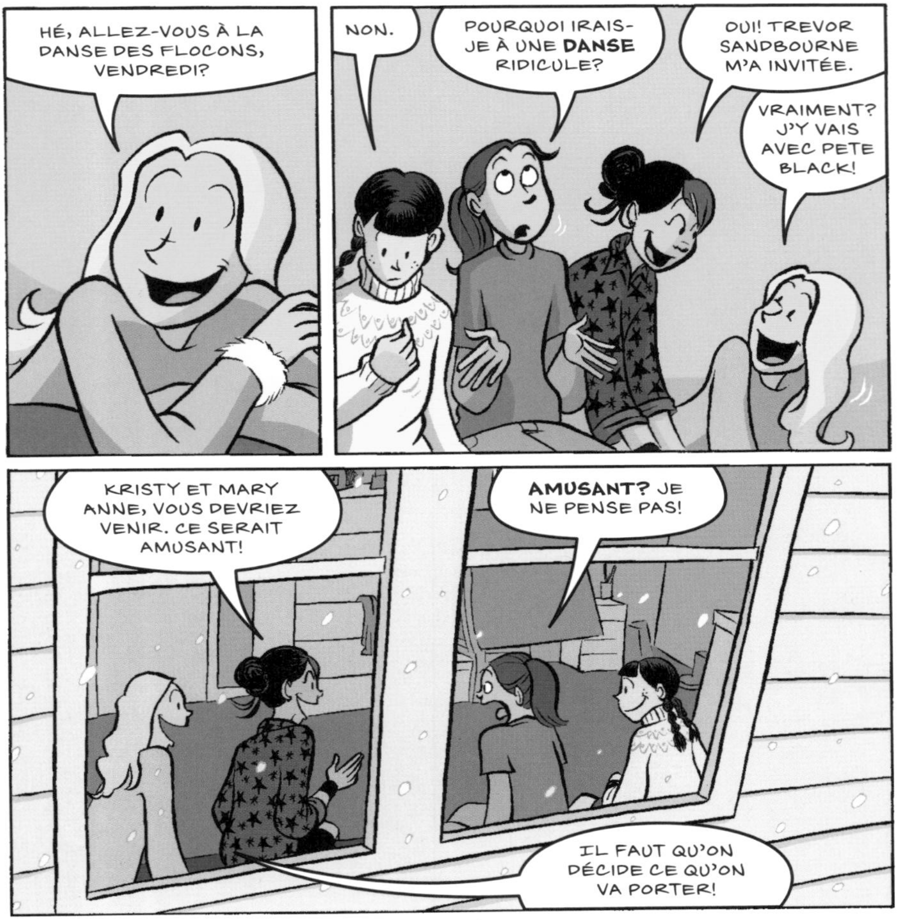
HÉ, ALLEZ-VOUS À LA DANSE DES FLOCONS, VENDREDI?
NON.
POURQUOI IRAIS-JE À UNE **DANSE** RIDICULE?
OUI! TREVOR SANDBOURNE M'A INVITÉE.
VRAIMENT? J'Y VAIS AVEC PETE BLACK!
KRISTY ET MARY ANNE, VOUS DEVRIEZ VENIR. CE SERAIT AMUSANT!
AMUSANT? JE NE PENSE PAS!
IL FAUT QU'ON DÉCIDE CE QU'ON VA PORTER!

UNE SEMAINE PLUS TARD...

DRING!

ALLÔ?

STACEY?

SALUT, LAINE!

QUE SE PASSE-T-IL AVEC TON CLUB? LA SEMAINE DERNIÈRE, TU M'AVAIS PARLÉ D'UNE AGENCE...

OH, TU NE LE CROIRAS JAMAIS...

TOUS NOS CLIENTS ONT ARRÊTÉ D'APPELER L'AGENCE, CAR ILS NE POUVAIENT PAS FAIRE CONFIANCE AUX GARDIENNES! ET QUAND ON EST ARRIVÉES À L'ÉCOLE MARDI...

OUI?

LIZ ET MICHELLE DISTRIBUAIENT DES DÉPLIANTS POUR UNE **NOUVELLE** ENTREPRISE!

TRANSFORMATION BEAUTÉ?

POUR 5 $, ELLES DONNAIENT DES CONSEILS DE MAQUILLAGE ET DE COIFFURE...

NON, MERCI.

PERSONNE N'ÉTAIT INTÉRESSÉ PAR LEUR IDÉE!

HA HA!

139

ET DEVINE QUOI! CHARLOTTE JOHANSSEN, LA PETITE FILLE QUI AVAIT DES PROBLÈMES AVEC SES CAMARADES D'ÉCOLE...

OUI?

SON ENSEIGNANTE VA LA FAIRE MONTER EN **TROISIÈME** ANNÉE! LA DEUXIÈME ÉTAIT TROP FACILE POUR ELLE.

C'EST POUR ÇA QUE LES AUTRES LA REJETAIENT.

CHARLOTTE EST CONTENTE DE REPARTIR À ZÉRO EN JANVIER.

C'EST BIEN... J'AIMERAIS LA RENCONTRER. J'AIMERAIS CONNAÎTRE **TOUTES** TES AMIES LÀ-BAS, STACEY!

TU POURRAIS ME RENDRE VISITE À STONEYBROOK!

VRAIMENT??

OUI! ET QUAND TU VIENDRAS...

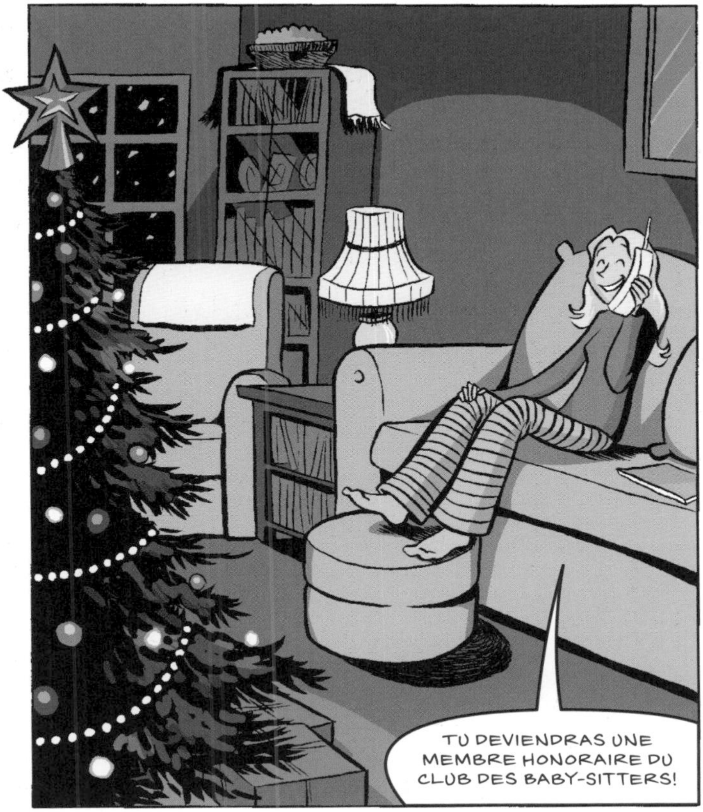
TU DEVIENDRAS UNE MEMBRE HONORAIRE DU CLUB DES BABY-SITTERS!

Ce livre est pour ma copine de longue date, Claudia Werner.
A. M. M.

Merci à Marion Vitus, Adam Girardet, Duane Ballanger, Lisa Jonte,
Arthur Levine et Braden Lamb. Comme toujours, un gros merci à ma famille,
mes amis et surtout, Dave.
R. T.

Catalogage avant publication de Bibliothèque et Archives Canada

Telgemeier, Raina
[Truth about Stacey. Français]
Le secret de Stacey / Raina Telgemeier ; texte français
d'Isabelle Allard.

(Le club des baby-sitters ; 2)
Traduction de l'adaptation de : The truth about Stacey / Ann M. Martin.
ISBN 978-1-4431-4731-6 (couverture souple)

1. Romans graphiques. I. Titre. II. Titre : Truth about Stacey. Français

PZ23.7.T45Se 2015   j741.5'973   C2015-901545-6

Édition publiée par les Éditions Scholastic, 604, rue King Ouest, Toronto (Ontario) M5V 1E1

8 7 6 5 4   Imprimé en Malaisie 108   17 18 19 20 21

Conception graphique de Phil Falco
Direction artistique de David Saylor